EW
エブリスタ
WOMAN

この距離に触れるとき

橘いろか著

三交社

この距離に触れるとき

目次

第一章　ブリュレの誘惑

「なあ、小柳《こやなぎ》」

「はい、社長。なんでしょうか？」

春の午後の柔らかな日差しが降り注ぐ窓の外を見ながら、彼はいつものように不愛想な声で秘書の私に声をかける。彼は手にしているコーヒーカップに口をつけると、椅子を半回転させてこちらに顔を向けた。

「今日のコーヒーはなんで砂糖入りなんだ？」

「少々お疲れかと。夕べは飲みすぎで今日は昼食も抜かれてたのではありませんか？」

図星だったのか彼は無言で私を睨《にら》み返した。

「ミルクも少しだけ足しておきました。空腹にブラックコーヒーはあまりいいとは言えませんから」

「さすが俺の秘書。気が利くな」

負け惜しみなのか、嫌味なのか、それともその両方なのか、彼は苦手な笑顔をつくって残りのコーヒーを飲み干した。

「この後の名古屋《なごや》店の視察は取りやめて、今日はお帰りになったほうがよろしいのでは？　もともと抜き打ちの視察ですし」

「は？　なんで？」

「最近、ずっとお付き合いで、お帰りが遅いんじゃないですか？　少し身体を休めたほうがよろしいかと」

「バーカ。休むほど衰えてねぇよ。若いんだし」

人をバカ呼ばわりしたうえに、最後のひとことで嫌味を込めてくるとはさすがだ。

「そうおっしゃるなら構いませんが、私は事務処理が残っていますので、同行しませんよ」

「一緒に行けないのかよ？　今日は女の意見が欲しかったのに……。まあ、お前を一般的な女として扱っていいかは微妙だけどな」

ごく自然に二回目の嫌味。だったら連れていかなくてもいいではないかと喉元まで出かかるが、口角に力を入れて笑みをつくる。彼と違って私は笑顔をつくるのには慣れている。

「どうしても同行したほうがよろしければ、調整しますが」

「当然だ。本当はもう少し若いとベストだけどな」

彼は立ち上がって、外してあった腕時計を装着した。コンプライアンスの厳しい現代、私以外の誰かが今のやり取りを聞いていようものなら、セクシャルハラスメントと言われかねない。彼は社長どころかこの会社にもいられなくなるだろう。

私は引きつりそうになる右のこめかみにそっと指を当てて目を伏せ、自分を落ち着かせるように小さくため息をつく。

「まあ、たまには年増の意見もいいだろ」

私の耳に届いたそのひとことに、一度は鎮めたはずの感情が再び頭をもたげる。

「……年増というのは、もしかして私のことですか？」

「ほかに誰がいるんだよ？」

「ほかにって……百歩譲って私が年増なら社長はどうなるんです？」

「若者」

間髪入れずに返されて、一瞬、言葉に詰まる。こちらの苛立《いらだ》ちをよそに、彼は平然としている。

「……二歳の差って、そんなにありますでしょうか？」

「あるんじゃねぇの？　特に女にとっては」

「そうですか？　別に女だからって、そんなこともないと思いますけど」

これ以上、挑発に乗ってはいけない。私のほうが年上だ。私は唇を真一文字に結んで鼻で大きく呼吸した。

「その感性がやばいんじゃねぇの？　お前、もっと危機感持てよ」

その瞬間、結んだはずの唇が開きかけた。このままの勢いで言葉を発すれば、私はここが社長室であることも忘れ、幼い頃のように彼を叱りつけていただろう。

〝碧斗《あおと》！　いい加減にしなさい！〟と。

しかし、私はその言葉をのみ込み、引きつる口角をなんとかコントロールした。

「……社長。私を怒らせて何が面白いんですか？」

「楽しんでるつもりはねぇけど？　事実を言ってるだけだ」

彼は顔色一つ変えずに返答した。

私は大きく鼻から息を吸うと、いったん胸に息をためて、気持ちを落ち着かせようと試みた。そして、それを静かなため息に変え、「出発の支度《したく》をしてきます」と、お辞儀をして背を向けた。社長室を出るまで大股で歩き、心の中で大きく叫ぶ。

〝バカ碧斗！〟

幼い頃から口は達者だったが、その頃はそれも生意気だと笑えるくらい甘えん坊で可愛いところもあったのだ。それなのに今は口だけさらに達者になり、後者のほうは面影もない。愛くるしい年下の幼馴染《おさななじみ》――。それが碧斗だったはずだ。

私は勢いよくドアを開けると、社長室と一続きの秘書室に戻った。

秘書室といっても、かろうじて来客用のソファと自分用のデスクが一つ置けるだけの狭い空間だが、それがかえって使い勝手がよく、椅子などの備品もすべて私自身が選んだものなので、このうえなく快適な部屋になっている。

椅子の上にバッグを載せて、デスクから手帳やスマホなど必要最小限のものを急いで詰め込んだ。バッグの紐を肩に掛け、秘書室を出ると、扉の前で碧斗が待っていた。

彼は「遅い」と一瞥《いちべつ》して、すぐ隣の企画部のフロアへと出る。そこにいた数人の社員から声をかけられると手短に応え、靴音を響かせてエレベーターホールへと向かった。私はその音を聞きながら、いつものように彼の一メートル後ろを急ぎ足で歩いた。

碧斗は、本社を名古屋市に置き、東海地方を中心にレストランを経営する〝サムシングブルー〟の社長だ。親友の料理人がフランスの三ツ星レストランで修行を終えて帰国し、相談を受けたのが始まりだった。

その親友でもあり、現在サムシングブルーの副社長を務める小野田《おのだ》さんは、料理の腕前は一級品だったものの、店の経営については自信がなく、料理に専念したいという気持ちがあったようだ。そこで、迷わず碧斗に話を持ちかけた。

当時、碧斗は製薬会社に勤めていて、社内でも出世コースといわれる海外事業本部に所属していた。碧斗の仕事ぶりは社長じきじきに目をかけていたほどで、トップレベルの営業マンだったという。史上最年少での海外事業部本部長のポストが約束されているとウワサされる中、碧斗は周りが引き留めるのも聞かず、あっけなく退職した。

碧斗の経営能力は天性のものといえるほど長《た》けていた。今まで大企業で培《つちか》った判断力、行動力がなんのしがらみもなく発揮できると、彼はさらなる頭角を現し、レストランの経営を瞬く間に軌道に乗せた。幼馴染の私も彼にこんな才能があるとは想像もしていなかった。

もともと、フレンチレストランだった店に転機が訪れたのは、店を気に入って頻繁に訪れていたある常連客が、このレストランで結婚式を挙げたいと言い出したのがきっかけだった。二人は客の提案を快諾し、式は盛大に行われた。

初めての試みだったにもかかわらず、ゲストはこれ以上ないといっていいほど満足し、二人とレストランを称賛した。評判は評判を呼び、レストランでの挙式の予約が続いたことから、二人はレストランにブライダルプランを取り入れることにした。

回を重ねるごとに反響は広がり、レストランはブライダルの予約で埋まるようになっていった。成功を確信した二人はブライダル部門の運営に本格的に乗り出すことにし、専門的なスタッフの雇用・育成の必要性から会社を設立するに至った。社名の〝サムシングブルー〟は、永友《ながとも》碧斗と親友の小野田照青《しょうせい》の〝アオ〟から命名した。

こうして、店舗の拡張と雇用の拡大が進む中、碧斗から再三にわたって誘いを受け、私、小柳芹香《せりか》は社長秘書となった。

社長秘書の役割は何か。ひとことで言えば、社長の仕事の補佐ということになるだろう。社長がいかに仕事に専念できるようにするかが、社長秘書の腕の見せどころといってもいい。それはたとえば、スケジュール管理や資料の作成であったり、身の回りの世話をすることが挙げられる。

だから、碧斗が私に声をかけたことは、彼にとってはごく自然の流れだったのかもしれない。昔から碧斗の面倒を見るのは私の役目だったからだ。

碧斗と私は、実家が近所の一人っ子同士でよく一緒に遊ぶ仲だった。幼い頃の記憶は定かではないが、私は二歳年下の碧斗を本当の弟のように可愛がっていたらしい。

大人になるにつれて、二人で行動を共にする機会は減っていったものの、中学、高校とサッカー部に所属していた碧斗が出る大会には、彼の母親と試合の観戦にも出かけたし、偶然、街で出会えば、私から誘ってお茶するようなことも何度かあった。

とはいえ、それも私が就職して一人暮らしを始めるまでのこと。碧斗から電話をもらうこと自体、数年ぶりのことだった。

その週末、名古屋駅近くの居酒屋で久しぶりに再会した。秘書に誘われた私は、もちろん「はい、そうですか」と二つ返事で引き受けたわけではない。二度、三度と断っている。当時、私は都市銀行に勤めていて、担当している窓口業務にもやっと慣れてきたところだった。働く環境にも、給料にも、何一つ不満はなかったし、後輩からも頼られるようになってきていて、辞めるどころか、仕事熱が高まっていたところだった。

それに私が断ったところで、碧斗ならほかに当てがあると思ったのだ。そもそも社長秘書とはおとなしくて、いつも三歩後ろからけなげに社長を見守る……というのが、私の勝手なイメージだった。つまり、私とは正反対のタイプなのだ。

「私のほかにいないの？」

「いない」

「もっとふさわしい人いるんじゃない？」

「いねぇよ」

実際心当たりがないのか、それとも聞く耳を持たないのか、碧斗はそれしか言わない。それでも私は首を縦に振らなかった。比較的安定した都市銀行に勤めている私にとって、碧斗の誘いは冒険どころか、不安にしか感じられなかった。

「心配するな」という言葉にはなんの根拠もなかったし、私の記憶にあるのは、甘えん坊の碧斗の姿しかない。いつも私の後ろについて歩いていたあの碧斗が、〝社長〟であること自体が信じがたいことだったのだ。

碧斗と再会したその日、碧斗はあっさり引き上げていったが、その後も懲りずに何度も電話がかかってきた。といっても、決して高圧的な態度を取るわけではなく、いつも

「気持ちは変わらないか？」と尋ねるだけだった。

けれども、そのうち私は碧斗の性格からして、私がうんと言うまであきらめないのではないかと思い始めた。

私の予想は外れることなく、結局、最後は私が根負けした。どんな理由を探してみても、碧斗が引き下がる気配は全くなかったし、逆に年上の私がいつまでも意地を張っているだけのように思えてきてしまったのだ。後から思えばこれが碧斗の巧みなやり方だったのかもしれない。いずれにしても、二十代後半で、周囲の反対を押し切って退職することとなった。

「私、本当は辞めたくないけど、辞めたんだからね」

私は嫌味を込めて碧斗に言った。顔をしかめた私に、碧斗はシレッと笑顔を返した。

「そりゃ悪かったな」

そんなふうには微塵《みじん》も思っていない弟のような表情だった。

私も腕組みしながら顎《あご》を突き上げ、姉として意地を見せる。

「ホント、悪いわよ。こうなったら一生面倒見てもらうからね」

「面倒見てやるよ。一生な」

そう言われても、なんの保証があるわけでもない。いまさら後戻りはできないのに、なおも迷いが残っていた。

すると、碧斗がまるで自分自身に言い聞かせるように呟いた。

「後悔はさせねぇよ……」

私はあのときの碧斗の表情を忘れない。一瞬鳥肌が立ったことを、今でも鮮明に覚えている。それまで〝弟〟の顔をしていた碧斗が見せた、まったく知らない別の顔だった。

碧斗の言葉どおり、サムシングブルーは順調に業績を伸ばし、今では四つのレストランを運営するまでになっている。成功の要因は、碧斗と小野田さんの両輪が上手く機能してきたからにほかならない。

碧斗はいつも自ら陣頭指揮をとり、顧客満足度を高めるために一切の妥協を許さない。その姿勢は社員に緊張感を与えつつも尊敬を集め、組織を強固なものにしている。

一方、碧斗に経営面を任せた小野田さんは名古屋店のシェフを務めるとともに、残り三店舗の総料理長として、料理の腕と知識を存分に発揮している。グルメサイトなどでもたびたび取り上げられ、その味は一度食べたら忘れられないという書き込みで溢れている。

もっとも、短期間で人気レストランとなったのには、もう一つ別の要因もあった。小野田さんの甘いルックスが〝イケメンシェフ〟として女性客の間でウワサになったことが、集客に大きく貢献していた。現場を目にしたことはないが、小野田さんがひとたびフロアに現れると、小さな歓声が上がるほどの人気ぶりらしい。

今日はそんな小野田さん自身が腕を振るう名古屋店の視察だった。ほかの三店舗のシェフをはじめスタッフの人選は小野田さんに一任されているように、碧斗の彼への信頼は厚い。

けれど、店の視察はまた別の話だ。名古屋店だけ特別扱いすれば、ほかの店舗が不満を募らせることになりかねないからだ。

名古屋店は千種《ちくさ》区にあり、会社のある東《ひがし》区からは車で三十分もあれば着く。碧斗は月に何度か通っているが、私が店に向かうのはしばらくぶりのことだ。

「私、小野田さんにお会いするの久しぶりです」

地下の駐車場で車のシートベルトを締めながらそう言うと、運転席に乗り込んだ碧斗がエンジンをかけた。低いアイドリング音が駐車場内に響く。碧斗はいつも自分で運転をする。運転しながら考え事をすると、いい案が浮かぶからだそうだ。

「久しぶりって、ついこの間も会っただろ？」

碧斗がシフトノブを握りながら助手席の私を睨む。

「いつですか？」

「はあ？　三週間くらい前、社長室で」

碧斗は呆れたような視線を私に投げた後、車を発進させた。

「あ、ええ、たしかにお見えになりましたけど、三週間も前のことを〝ついこの間〟なんて、普通、言わないですよ」

「なんで？　三週間なんて昨日と変わらないだろ」

「社長の時間の流れって、どうなってるんですか？」

私はため息を隠そうともせず、大きく息を吐いた。

「お前、もしかしてアイツに会いたいわけ？」

車が地下駐車場から出た。この瞬間はいつも外の光が目に刺さる。私は手のひらをかざして光を遮った。

「違いますよ」

「なんだよ、今の間《ま》は」

碧斗は少し返事の遅れた私に、前を向いたまま言った。

碧斗にはそう返事をしたものの、内心では小野田さんに会いたいと思っていた。副社長は碧斗と違って私に優しく、ホッとさせてくれるからだ。いつも笑顔を向けてくれ、気遣ってくれる様子はまさに紳士だった。

「……特に意味はありませんけど」

再び私が遅れて返事をすると、身体が大きく揺れた。急に車線変更したのだ。そして、車の速度を上げていく。

「大丈夫ですか？　やっぱり視察は取りやめて、お休みになられたほうが。まさか昨日のお酒がまだ残ってるわけじゃないですよね？」

目の前の信号が赤信号に変わり停車する。すると、碧斗は何を思ったのか急に私に顔を近づけ、数秒間白けた目で見つめた。

「な、なんですか？」

「これが疲れてるヤツの顔に見えるか？」

碧斗の視線が私の鼻先に移っていく。不安を覚えながら、私も自分の鼻先に目を寄らせて答える。

「まあ、見えません」

「お前のほうこそ、ずいぶんシワが増えたんじゃねぇのか？」

冷たい言葉と一緒に、私の鼻先に碧斗の息が吹きかかる。意味不明の行動に上目遣いに睨むと、碧斗は「酒の匂いもしないよな？」と言って正面に向き直り、信号が青に変わると同時に車を発進させた。

碧斗のこうした突飛な言動はいつものことだ。その都度驚かされるものの、私はそれを表に出さないように平静を装う。

「で、元気なのか？　ヒモ男」

またしても碧斗はなんの前置きもなく言った。

「ヒモ男⁉」

碧斗を見ると、涼しい顔でハンドルを握っている。

「お前、そこ驚くところかよ」

彼は鼻から息をもらし、あからさまに呆れて見せる。思い浮かぶ相手は一人しかいない。

「人の彼氏をヒモ男って……」

「仕事もしないでお前に食わせてもらってんだろ？　明らかにヒモだろ。あ、ヒモじゃなくて、ただのクズってとこか？」

「クズって……」

「なあ、クズだろ？」

自分の彼氏の言われように、もっと目くじらを立ててもいいようなものだが、私は言い返す言葉をのみ込んでしまった。

「仕事は探してるらしいんです。でもなかなか見つからないみたいで……」

じつを言うと、私も彼氏のことを考えると気が重い。仕事を辞めてもう二カ月になる。付き合って一年。その間に三回も転職していて、長続きした試しがなかった。碧斗の言うとおり、現状はヒモ男と変わりない。私だってこんな状況は望んでいない。ただ、どうしても彼にすがられると、放っておけなくなってしまうのだ。

彼は私より三つ年下。頼りないのは確かだが、それがかえって自分が必要とされているように思えてしまう。それは初めて出会ったときの印象と変わっていない。今思えば、最初の出会いも子ども染みたものだった。

友達と立ち寄った居酒屋で、偶然隣に座ったのが彼だった。狭いカウンター席で、彼と私の肘がぶつかったことがきっかけで言葉を交わした。彼は一人で私たちよりも先に席を立ったのだが、会計のとき急に自分の手荷物を探りながら慌てだしたのだ。

彼の様子が気になって声をかけると、財布を忘れたと青い顔をしている。最初に話したときから、彼が醸《かも》し出す頼りなげな雰囲気が、私に助けを求めているような気がして放っておけなくなった。

それほど高くない金額だったこともあり、私は彼にお金を貸すことにした。彼は最初断ったものの、最終的には遠慮しながらもお金を受け取り、私たちは連絡先を交換して別れた。

一緒にいた友人からは、連絡は来ないのではないかと呆れられたが、翌日すぐに連絡があり、お金も無事に返ってきた。私たちはその日から二人で会うようになり、そのうちに付き合うようになった。

付き合い始めてからも、外出先で彼が「財布を忘れた」ということはたびたびあった。でも、私はたいして気に留めていなかった。彼は忘れっぽい性格だと思っていたし、マイペースなところもあった。

「次は俺が払うから。いつもごめんね」

彼がそう言って手を合わせてくると、怒る気にはなれなかった。その後に満面の笑みで「ありがとう」もついてくるから、なおさらだった。だから、彼の言う〝次〟に、私が再度支払いをすることになっても、仕方がないと許してしまう。そう思わせるほど彼は甘え上手なのだ。

碧斗が彼の存在を知っているのは、彼が一度、会社に私を訪ねてきたことがあったからだ。以前、就職が内定したとき、直接報告しにきたのだ。

一階のロビーで、彼は笑顔で吉報を私に知らせた。私も一緒に喜ぶと、彼は胸の前で手を合わせて言った。

「それで悪いんだけど、シャツやネクタイを新調したいから、給料日まで少しお金を貸してくれないかな」

そのとき、外出先から偶然戻った碧斗にそのやり取りを見られていた。さすがにその場で碧斗が口を挟んでくることはなかったが、碧斗は努力しようとしない人間や楽をしようとする人間をことのほか嫌う。碧斗の目に、彼はそういうタイプの人間に映ったようだった。事実、あのときのお金もいまだに返してもらっていない。

彼のことは、自分でもどうにかしなければならないと思う。私だって、彼にはちゃんと働いてほしいし、その仕事に生きがいもやりがいも持ってほしい。

　車の窓から外の景色をぼんやり眺めていると、碧斗がぽつりと口を開いた。

「俺が雇ってやろうか？」

「え？」私は身体を捻って、碧斗の横顔を見た。

「バカ。嘘に決まってんだろ」

「……嘘？　そんな嘘、つかないでいただけますか。こっちは真剣なんですから」

「真剣ねぇ。そんなふうに思ってるの、お前だけじゃねぇの？」

「そんなことないですよ、彼だってほとんど毎日ハローワークにも行って、ネットでも、雑誌でも探してるらしいですから」

「〝らしい〟かよ」

「彼からはそう……聞いてます」

「あっそ」碧斗はまったく取り合わない。「でもな、条件によっては本当に雇ってやってもいいぞ」

　どうせ嘘だろうと、今度は私が無言で彼を軽く睨むと、その横顔は意外にも真剣そうだった。

「条件って……？」半信半疑で聞き返す。

「お前さ、そいつに言ってみろよ」

「何をですか?」

「〝もうお金は貸さない〟って」

　私は唾を飲み込んだ。

「そんなこと、突然言ったら……」

「じゃあ、生活費が苦しくなったとかなんとか、適当に理由をつければいいだろ」

「生活費が苦しい……ですか」

「近すぎず、遠からずってとこか?」

「苦しいわけじゃないですけど……」

　実際のところ、同棲しているわけではないが、彼の言うままにお金を貸しているので、貯金がほとんどできない。それに私自身、最近の彼のお金の使い方には疑問があった。だけど、私からは何も言えずにいた。

「それを言って、どうなるんですか? それが条件とどんな関係があるんですか?」

　碧斗の意図がわからずに尋ねると、彼はまだ真剣な表情のままだ。

「簡単なことだ。ヒモ男がお前の言葉を受け入れれば雇ってやる」

「え?」

　思わず上げた素っ頓狂な声に自分で驚き、口元を手のひらで覆った。

「……どういうことですか?」

なぜ、それが採用に繋がるのか、私には訳がわからない。

「とにかく言ってみろ。言えばわかる」

「言えばわかるって……」

私は問いただそうとしてやめた。すべてを見透かしたような碧斗に先を聞くのが少し怖かったからだ。

そのまま碧斗が口を閉ざしたので、私は内心ホッとしていた。碧斗が無言になったときは考え事をしているときだ。邪魔はしたくない。

私は再び窓の外を流れる景色に目をやった。


名古屋店に到着すると、碧斗は店に顔を出す前に、外観を見て回った。

「店の外は問題ないか?」

午後二時を過ぎているとはいえ、春ともなれば、日差しはまだ濃い。私は紫外線を気にして片手をおでこの位置に掲げて日差しを遮った。

「花壇も手入れが行き届いていますし、水辺も綺麗ですね。もう少しベンチを遠ざけないと、噴水の水しぶきが飛ぶかもしれませんが」

碧斗は私が指摘したベンチに目をやると、「そっちを持て」と言って、ベンチの片側を握った。私が急いで反対側を持つと、一緒に持ち上げた。そして、ベンチを移動させながら、碧斗が私に笑いかけた。

「お前を連れてきて正解だったな」

「どうしてですか？」

「馬鹿力だから」

珍しく笑顔を見せたかと思えば、やはりこういうことだ。私はベンチを下ろすと、負けじと碧斗を微《かす》かに睨んで応えた。

「お役に立てて光栄です。来た甲斐がありました。それと力だけでなく、視力も自慢ですから。ほら、あそこ見てください。これからの時期、建物の周りは蜘蛛の巣に注意が必要ですね」

私が指さした先には蜘蛛の巣が風に揺れていた。碧斗はそれを確認すると、「後で取らせておく」と言って歩きだした。碧斗の足は敷地内にあるチャペルに向かっていた。

サムシングブルーのレストランには、式が挙げられるように敷地内にチャペルが併設されている。レストランもチャペルも四店舗とも印象が異なり、土地柄や立地条件などから周辺地域との調和を考えてデザインされている。

中でも名古屋店のチャペルは私の一番のお気に入りだった。レストランが特殊なガラス加工で採光性に優れた造りになっているのに対して、チャペルは外からの光を遮断した少し閉鎖的な建物になっている。外部から遮られた空間が厳《おごそ》かな雰囲気を醸しだすだけでなく、そのおかげで列席者が挙式後にレストランに移動したときに、より開放感が強調される仕掛けとなっている。すべて碧斗のアイデアだった。

チャペルは普段施錠してあるが、碧斗の視察の際は、私が本部からマスターキーを持参する。チャペルの扉の前で碧斗が立ち止まったのを見計らい、彼の前に一歩踏み出して鍵を開けた。

重い扉を開けて、チャペルの中に足を踏み入れる。照明がついていないので、頼りになるのは開いた扉から差し込む光だけだ。薄暗い室内は、いつもよりさらに神聖なものに思えた。

「明かりをつけますね」

私は入り口付近の音響や照明が操作できる部屋に入り、照明のスイッチを押した。そして、部屋を出て明かりがついたのを確認して扉を閉めた。

「いつ見ても素敵ですよね……」

碧斗の前で思わず本音をこぼす。碧斗は私の横顔を黙って見つめると、バージンロードを歩き始めた。

左右の座席を見回し、ときには天井を見上げながら、碧斗はゆっくりと進んでいく。私は彼の背中から離れ、脇の通路から奥の主祭壇に向かった。

「お前さあ……」碧斗が座席を挟んだバージンロードの通路から言った。

「なんでいつもここ、通らないわけ？」

「なんでって……そこは、花嫁が通る神聖な道だからです」

座席を挟んで私と碧斗は顔を見合わせながら並行して歩く。

「俺にどけって言ってんの？」

「いえ、単に私が思ってるだけで、社長は業務ですし……」

「お前も業務中だけど」

「私は……」

「本番まで通らないつもりか？　お前でもそういうのに憧れるわけ？」

〝当たり前ですよ〟と、口が滑りそうになる。

「別にそういうわけじゃありませんけど……」

「あっそう」碧斗の関心はもうほかに移ったらしい。「あそこの電球だけ少し暗くないか？」

「え？　あ、はい。そうですね。取り替えるように手配します」

私は視察用のチェックシートに指示をメモした。碧斗はその間もしゃがみ込んで座席の下をのぞいたり、座席の背もたれの埃《ほこり》を確認したりしながら奥へ進んでいく。

「さすが掃除は行き届いているようですね」

主祭壇の前で向かい合うと、碧斗は「これくらいは当たり前だけどな」とにべもなく言い放ち、確認漏れがないか室内の隅々まで見渡す。ふと腕時計に目をやると、思いのほか時間が経っていた。

「そろそろレストランに向かいましょうか」

ここにいると時間の感覚がなくなってしまう。

碧斗は自分の腕時計で時間を確認すると、バージンロードに戻り出口に向かって大股で歩き始めた。それを見て、私は急いで音響・照明室に行き、碧斗が扉近くまで戻ったのを確認して照明を落とした。

明かりを消すと、室内は真っ暗になる。転ばないように壁伝いに扉に向かっていると、何かにぶつかった。不覚にも「きゃっ」と、叫び声を上げてしまった。暗闇に目を慣らそうと瞬きを繰り返すが、すぐには馴染まない。けれど、微かに聞こえる呼吸音からも、ぶつかったのは明らかに碧斗だった。

「社長……？」

恐る恐る問いかけるが、返事はない。

「社長？　社長……ですよね？」

頭では碧斗以外にあり得ないとわかっていても、不安で鼓動が激しくなる。

「……碧斗？」

その直後、碧斗がスマホの液晶画面で自分の顔を照らした。私は悲鳴を上げそうになり、口元を手で覆った。青白く照らされた碧斗の顔の口角がつり上がる。

「仕事中は名前で呼ぶなって言ったろ？」

その瞬間、デジャブに襲われた。いたずらを覚え始めた頃の碧斗の笑顔がこの憎たらしい不敵な笑みに重なる。

「社長……何をやってるんですか？」

「ほら、お前、暗いとこ苦手じゃん？　ビビるかなと思ってさ」

「……ビ、ビビりませんよ。そんなくだらないことで脅かさないでください。急がないとレストランのチェックが間に合いませんよ」

「ビビったくせに。それだけでもガキなのに、強がるところがさらにガキだな」

「ガキ!?　さっき私のことを〝年増〟って言ったのをお忘れですか？　社長より年上なんですけど」

「ああ、そうだった。暗いからわかんなかったわ。年取ったら暗いところにいたほうが得するんじゃねぇの？」

どう言い返せばいいかわからず、無言で睨む。でも、碧斗は悪びれる様子もなく、スマホの液晶画面が消えると、真っ暗な中、一人でさっさと扉へ向かおうとする。

「ちょっと待って！　あ、待ってください」

私は碧斗の腕に触れると、その袖を軽くつまんだ。実際、私は暗いところが苦手だ。

「ビビってないんだろ？」

「そうじゃなくて、転んで怪我するのが嫌なんです！」

「お前は暗くなくても転ぶだろ？」

「転びませんよ」

碧斗が扉を開けると、春の光と風が我先にと競い合いながらチャペルに入り込む。暗闇にいたせいで、光の刺激に目がくらんで足元がふらついた。

すると、自由だったほうの碧斗の手が伸びてきて、私の腕を力強く掴んだ。

「言ってるそばから転ぶんじゃねぇよ」

バランスを崩した私は、一方の手で碧斗につかまり体勢を整えると、「まだ転んでませんでしたよ」と負け惜しみを言った。でも、まさに〝ガキ〟と言われても仕方のない発言だと思い、目を伏せながら付け加えた。

「でも……ありがとうございました」

私は碧斗の腕から手を離した。

「行くぞ」

碧斗が歩き始めたので、いつもどおり私は一メートル開けて後に続いた。

レストランに移動して厨房をのぞくと、料理の下ごしらえの手を止め、真っ白なコック帽が明るい笑顔と一緒に上を向いた。

「なんだ、来てたんだ」

「なんだじゃねぇだろ」

小野田さんの視線が自分に向くのを待って、私は浅くお辞儀をした。

「お久しぶりです」

「あ、小柳さん、こんにちは。お疲れさま」

「副社長こそお疲れさまです」

私はもう一度改めてお辞儀をした。

「おい、扱いが逆じゃねぇか？　俺に〝なんだ〟で、コイツに〝お疲れさま〟とはどういうことだ？」

「細かいことは気にしない」

小野田さんは軽く受け流すと、いつもと変わらない穏やかな笑顔を見せた。

「今の発言で名古屋店、減点二十な」

「それはなしだろ？　もてなしは百パーセント合格だから」

「うるせぇ。まずは俺をもてなせ」

碧斗は小野田さんの態度に納得してないようだが、当然ながら本気ではない。碧斗は小野田さんが好きなのだ。もちろん、親友という意味で。その小野田さんに私よりもぞんざいな扱いを受けて拗《す》ねているのだ。

「そうだ、今日は試作のデザートがあるんだ。碧斗、小柳さんに試食してもらっていいだろ？」

小野田さんの瞳が子どもみたいに輝いている。けれど、碧斗はまたそれが気に入らないらしい。

「なんでコイツなんだよ？　試食なら俺だろ」

「何言ってるんだよ。デザートなんだから、女子ウケしないと意味がないだろ？」

「女子ウケって……コイツ、女子かよ？」

「それ、どういう意味ですか？」口を挟まずにはいられない。

「そうだよ、碧斗。それは小柳さんに失礼だろ」

「そうですよね？」

小野田さんが味方になってくれるのをいいことに、私も少し強気になる。すると、碧斗が私を睨む。

「失礼って、お前、コイツ三十路《みそじ》だぜ？」

「社長！」

私は思わず声を上げた。小野田さんには年齢を知られたくなかった。おそらく、彼は碧斗と同じくらいの年齢だ。だけど小野田さんは穏やかで物腰も柔らかいせいか、碧斗とは違った大人の雰囲気がある。何もかも包み込んでくれそうな笑顔が秘かな私の癒しなのだ。

小野田さんは私に微笑みながら、かばうように言ってくれた。

「そうなんだ？　それならなおさら彼女の意見が聞きたいね。ちょうど、ブライダルパーティー用に考えたデザートだから、結婚を意識する年齢の人に試食してもらうのがいいし」

〝結婚〟――。その二文字が、頭の中で音を立てて転がる。

「結婚なんて、私はまだ……」

「結婚？　無理無理」碧斗が鼻で笑いながら割り込む。「だってコイツ、救いようのないダメ男と付き合ってるし」

碧斗という男は、本当に女心がわかっていない。だから時折、どうしてこの業界で成功しているのか、本当に不思議に思う。実際、会議では、ブライダルの主人公ともいえる花嫁の気持ちを一番重視しているのは碧斗だ。そうしたときの碧斗は少し神がかっていて、女の私でさえ気がつかないような些細なことにまで目が届くのだ。

それなのに、どうして普段はデリカシーの欠片《かけら》もないのだろう。よく仕事とプライベートでONとOFFの切り替えが上手な人がいるが、碧斗にとって顧客はONで、私はOFF扱いということなのだろうか。私は口をへの字に曲げて、碧斗を睨みつけた。

しかし、すぐさま小野田さんの視線を横顔に感じて、私は慌てて表情を取り繕った。

彼の目は何か言いたげに見えたが、口を開くことはなかった。照れ隠しに私が苦笑いを返すと、小野田さんはいつもの穏やかな笑顔を見せた。

「小柳さん、あっちのテーブルで試食、いいかな？」

「あ、はい……」

碧斗に顔を向けてうかがいを立てると、小野田さんは「碧斗も一緒に」と気遣ってくれた。

別のスタッフに案内され、碧斗と私は共に仏頂面のまま、向かい合う形でテーブルに着いた。まもなく小野田さんがデザートの載ったプレートを運んできて、私たちの前に置いた。

「綺麗……」

彼がプレートから手を離した瞬間、手の陰から現れた色鮮やかなデザートに釘づけになる。細い糸のような飴細工が皿を覆い、その細かい網目の隙間から苺がのぞいている。プレートに描かれた苺ソースの模様は繊細で、白いお皿と苺の赤のコントラストはまさに芸術品だった。

「そうそう、そういう反応、嬉しいなぁ。苺のブリュレだよ」

「もうシーズンは終わったと思ってたのに……」

「その反応、ますます嬉しいな。契約農家でわざと時期をずらして作ってもらってる苺なんだよ」

「へえ……そうなんですね。食べるのがもったいないですね」

「そう言わずに食べて、食べて。小柳さんて、苺、好きだったでしょ？」

「え？　どうして……。私、副社長にそんなこと話してましたか？」

「いや、残念だけど、碧斗情報」

「社長の？」

「そう」彼は碧斗を横目に見た後、すぐに視線を私に戻した。「子どもの頃は苺狩りによく行って、行くたびに食べすぎでお腹壊してたとか」

「お腹壊すって……」

私は怒りが表情に出ないように顔の筋肉を意識しながら碧斗を睨む。

「社長、余計なことまで言わないでくださいよ」

「本当のことだろ。何が悪いんだよ。ハウスの苺、全部食い尽くすって言いながら食ってたしな」

「そ、そんなこと言ってないですよ」

「言ってた。ハウスの監視員がメチャクチャ白い目で見てたしな」

「そんなの……気のせいですよ。だいたい、そんな昔の記憶当てになりませんよ」

「気のせいじゃねぇ」

「それって、私じゃなくて、私の後ろにいた社長のことを見てたんじゃないですか？

一粒も食べずに私の背中にくっついてた男の子」

私が眉を上げると小野田さんが口を挟んだ。

「食べずにって……どういうこと？」

「じつは社長、小さい頃は苺が苦手だったんですよ。酸っぱいって」

私は小野田さんに答えながら碧斗を見る。

「あ、そのブリュレ、大丈夫ですか？　私が食べましょうか？」

「バーカ。カロリー気にしないで済むほどもう若くねーだろ」

碧斗は私を冷ややかな目で見ると、ブリュレをひとさじ口に入れた。それを見ながら「そんなことないです」と答えようとすると、小野田さんがテーブルの上に頬杖をついた。

「いいなあ。二人はいつもそんなに楽しそうに仕事してるの？」

「楽しかねぇよ」

「楽しくなんてありませんよ」

私たちは小野田さんの言葉をすぐさま否定した。

「そう……。そうだ。小柳さん、秘書なんて辞めてここに来ない？　ここに来たら毎日美味しいまかないを作るし、試作のデザートの試食もお願いしたいし」

私が口を開く前に、碧斗が彼に冷たい視線を投げた。

「そういうわけのわかんねぇ誘惑はやめろ。コイツが本気にしたらどうするんだよ」

「本気になんてしませんよ」

私が顔を背けると、私の向かいで小野田さんは真顔で言う。

「俺は本気だけど」

予想外の返事に私と碧斗が同時に彼を見つめた。一瞬妙な空気が漂う。

「副社長でもそんな冗談言われるんですね」

戸惑いながらも元の空気に戻そうとして返すと、小野田さんは表情を崩して少し唇を尖らせた。

「本気なんだけどなぁ」

小野田さんの意外な姿だった。どこか拗ねたようなその仕草は年下ならではの可愛らしさが滲《にじ》んでいた。今の碧斗には微塵も残っていない部分だ。思わず目の前のデザートを見つめるように彼を見つめてしまった。

碧斗も昔はこんなふうに可愛かったんだけどな……。

「お前さ、仕事中に堂々と男に色目使うのやめろよな」

私のぼんやりとした思考は突然放たれた碧斗の言葉に断ち切られた。

「今、なんておっしゃいました？」

「仕事中に男に色目を使うなって言ったんだよ」

「ど、どこが色目なんですか？　そんなもの使ってません」

「そうだよ、碧斗。そんな品のない言い方してほしくない。せっかくいい雰囲気だったのに」

私が碧斗を睨んでいると、小野田さんまで碧斗を睨む。目を泳がせながら視線を落とすと、先ほどからずっと私たちを待っていた苺のブリュレがそこに佇《たたず》んでいた。

「……あの、副社長、いただきますね」

私は本来の目的を思い出し、スプーンを手に取った。

「うん、食べてみて」

細い飴細工の網を割りながら、クリームにスプーンを入れる。層になっている一番下の苺ソースとクリーム、そして苺と飴細工をスプーンに乗せて、ゆっくりと口に運んだ。

「幸せ……」

うっとりと目を閉じる。ブリュレは鼻先に甘酸っぱい香りを残したまま喉を通過していく。ゆっくり目を開くと、舌で感じた甘さと同じくらい甘い笑顔で小野田さんが私を見つめていた。

「よかったぁ」

いつも碧斗のそばにいるので、私は男の人の笑顔には慣れていない。まして、こんなにも甘い笑顔を直視できない。

「こんなデザート作れる人、本当に尊敬します」

彼に本心を伝えて二口目を口に入れた。

「聞いたか、碧斗？」

小野田さんはしばらく黙ったままの碧斗を、無理やり話の輪に入れた。

「何が？」

「尊敬してるって」

「コイツに尊敬されて嬉しいか？」

「もちろんだよ。小柳さんだから嬉しいんだよ」

碧斗はまったく理解できないとでもいうように、鼻から大きく息を吐き出す。

「そんなことより、これ、ちょっと酸味が強すぎねぇか？」

単にケチをつけているようにしか聞こえない。もしくは碧斗が、個人的に酸っぱいのが苦手なだけだろう。けれど、小野田さんは意外な反応を見せた。

「やっぱ、そうか」

私はその言葉に面食《めんく》らい、小野田さんを見上げる。たしかに酸味は感じるが、その酸味を加味してもこのデザートは十分に美味しい。

「その酸味が美味しいと思いますけど……」

「バーカ、よく考えろよ。コースの最後に出てくるんだぜ。客は酸っぱいものより、甘いもので満足するんだ」

「碧斗、小柳さんに〝バカ〟はやめろよ。作っている連中だって、気づく人間のほうが少ないんだから」

　小野田さんはそう言った後で私に説明した。

「フランス料理は砂糖をあまり使ってないから、食べても血糖値が上がりにくいんだよ。人が満腹になったって感じるには、ある程度、血糖値が上がらなきゃいけないんだ。ほら、コース料理で品数食べても、最後に何か甘いものが欲しくなることあるでしょ？」

「あ、ええ、そうかもしれません」

「それだよ。逆に和食の場合は意外に砂糖がたくさん使われてるから、食後はさっぱりしたものが欲しくなったりするんだけどね。だから、うちの場合は最後に甘めのデザートでもてなしたほうが、お客さんは満たされるんじゃないかってことなんだよ」

「へえ……そうなんですね。すみません。勉強不足でお恥ずかしいです……」

「でも、今日聞きたかったのは、一人の女性としての率直な感想だったから。まずはブリュレ単体としての評価が欲しかった。現状、改良の余地ありだけど、完成したらもう一回試食をお願いするね」

彼は私の返事を待たずに、改めて碧斗と話し始めた。私はその間に残りのブリュレを食べ終え、ナプキンで口元をぬぐった。

そのまま二人はほかの案件について打ち合わせを済ませると、碧斗が席を立った。私も一緒に席を立ち、碧斗の後ろに続いて店内を見回った。

店内はくまなく清掃が行き届いていた。先ほどテーブルに着いたときも、碧斗はきっとテーブルのクロスや生花をチェックしていただろう。さすがに小野田さんが仕切るレストランだ。碧斗の目にもほとんど完璧に映ったに違いない。

「百点満点だったろ?」

帰り際、小野田さんは私たちを見送りながら得意げに言った。

「あのマイナス二十点を忘れるなよ。それと、店の外壁の蜘蛛の巣を払っとけ。チャペルの中の電球もチェックしろ」

「厳しいな」

「当たり前だろ。俺たちに満点はない。それは客が決めることだ」

碧斗はそう言って駐車場へ歩きだした。

「お疲れさまでした」と、ほかのスタッフが大きな声で深々と頭を下げる。

「では、失礼します」

彼らに挨拶をして、碧斗の後に続こうとすると、小野田さんに「小柳さん」と呼び止められた。振り向くと、小野田さんの笑顔があった。

「お疲れさま」

そのたったひとことが嬉しかった。どこに行っても社長である碧斗と一緒にいる限り、私は陰の存在で、私に気を遣ってくれる人などほとんどいないからだ。

私は「お疲れさまです」と丁寧にお辞儀をして微笑み返すと、急いで碧斗を追いかけた。


レストランを出ると、私は碧斗と車に乗り込み、残してきた事務処理を済ませるため会社に戻った。碧斗はこのまま帰宅予定だったが、会社に戻る途中でお得意さまから電話が入り、食事に向かうことになった。

「最近、お誘いが続いてますけど、大丈夫ですか？」

「どうってことねぇよ」

「まあ……そうかもしれないですけど、身体に無理のないようにほどほどにしてくださいね」

付き合い上、飲食の席に招かれることは碧斗にとって珍しいことではないが、時折、無理しているのではないかと心配になる。

会社の前で降ろしてもらうと、ドアから中をのぞき込んで念を押した。

「飲酒運転は厳禁ですよ。一滴でも飲んだら、運転代行を呼んでくださいよ」

「わかってる。それにしても、今日の小野田はよくしゃべってたな」

「え？」予期せぬ問いかけに戸惑う。「そういえば今日はよくお話しになってましたけど、それが何か？」

たしかに彼とあんなに話したのは、私は初めてだった。

「酒は飲まれない程度に飲むから心配するな」

話がかみ合わないが、平然と対応するのが秘書の務めだ。

「はい。では、お疲れさまでした」

ドアを閉めると、車は低いエンジン音を響かせて走り去った。

気持ちを切り替えて、ビルのエントランスを抜ける。受付嬢のいなくなったカウンターを通過し、エレベーターに乗り込んで七階で降りる。

フロアに到着すると、まだ数人の社員が残っていて、いっせいに視線が私に集まった。私は彼らが一番気にしている情報をいち早く提供する。

「お疲れさまです。社長は外出されました。今日は直帰の予定です」

みんな顔を緩ませ、私に「お疲れさま」と明るく声をかける。

秘書室に入って、バッグを置き、私は椅子の背もたれに身体を預けた。こんな格好でくつろげるのは社内に碧斗がいないとわかっているときだけだ。普段はいつ声がかかるかわからないので、常に臨戦態勢にいる。

私は少しの間、身体を休めると、大きく深呼吸して息を吐き出し、勢いをつけて椅子から立ち上がった。

社長専用の給湯スペースでお湯を沸かし、自分用にほうじ茶を淹れる。碧斗にはババくさいとバカにされているが、カフェインが身体に合わないので私にはこれが一番いい。急須から湯呑みにお茶を注ぐと、香ばしい香りが広がった。私はその香りを吸い込み、デスクに戻って、気持ちを仕事に切り替える。

お茶を一口すすってデスクの上の書類に手を伸ばす。仕事はできるだけ翌日に持ち越さないようにしている。私の手元にある書類は、ほぼすべて碧斗が目を通すものだ。重要でない案件は一つもないと言い聞かせて仕事を進める。

書類を確認しながら、パソコン上の碧斗のスケジュール帳に予定を入力しているとスマホが鳴った。画面の表示で相手が誰か確認した私は、スマホを耳に当てながら、キーボードを打ち続ける。

「もしもし、芹香？　まだ仕事？」

電話は彼氏の本田智《ほんださとし》からだった。

「うん。そうだけど」

「そっかあ。夕飯、一緒に食べようと思ったんだけど、それなら卓也《たくや》とでも食べよっかな」

卓也というのは智の友人だ。私も会ったことはあるものの、ほんの数える程度で、しばらく顔を見ていない。

「ねえ、いつも卓也さんにおごってもらったりしてないよね？」

「そんなことねーよ。割り勘」

「智、お金あるの？」

「ん、まあ、飯食うくらいなら、なんとかなるし」

「そんなこと言っててどうせおごってもらってるんでしょ？　今度卓也さんも食事に誘ってよ。少しはお礼しなきゃ」

「いいよ。あいつも忙しいし。じゃあな」

電話は忙《せわ》しなく切られた。智は優雅に外食などしている余裕はないはず。だからと言って、男二人で自炊をして夕飯を取るとは考えにくい。何かが腑に落ちない。キーボードを打つ指が力なく止まる。胸の奥に広がるのは〝不安〟ではなく〝疑い〟のようにも感じられた。

智の電話でいったんやる気を削がれたが、なんとかその日に処理すべきことはすべて終えた。

帰り道、智に仕事が終わったことを連絡しようと思ったが、やめた。今日は家に来られるのも億劫《おっくう》だったし、それに、連絡したところで応答がないような気がしたからだ。

けれど、電話で覚えた違和感が喉元に引っかかっていて、結局、何をしているのか確かめたくて、家に帰ってからメールを送信した。けれど、案の定、その日のうちに返信はなかった。

日付が変わった頃、碧斗のことが気になり始め、連絡しようか迷った挙句に短いメールを送信した。お客さまとの会食が無事に終わったかという問いかけに、彼は数分で返事をくれた。

『俺の心配より自分の心配しろ。こんな時間まで起きてて明日の肌は大丈夫なのか』

思わず液晶画面の文字を声に出して読み上げてしまった。

私がスマホを放り投げるように枕の向こうへ乱暴に置くと、スマホは再びメールの着信を知らせた。私は智からの返事かと思ったが、碧斗からだった。『早く寝ろ』

おやすみの文字はなかった。

「おやすみ……」

私はスマホを枕元に置いて呟いた。

翌日、出勤してまもなく碧斗が出社してきた。私はすぐに席を立ち、ソファのあたりまで近寄って頭を下げる。

「おはようございます」

碧斗は「ん」と、短く返事をすると、手にしていた紙袋を私に差し出した。

「夕べ。いいワインが手に入った」

私は戸惑いながら紙袋を受け取った。

「……そうですか」

「メチャクチャ甘口のアイスワイン。女向きだってさ」

きっと誰かからのいただき物だろう。〝彼女と一緒に飲むように〟とでも言われたに違いない。たまにあることだ。

私は紙袋の中をのぞき込む。もっとも、のぞかなくても、紙袋だけで高級品であることはわかった。

「これ、とても高そうですけど」

「高い」

「でしょうね……」

「飲んだことねぇけど、甘いのは得意じゃないからやるよ」

「でも、せっかくいただいたのに……。それに、次にお会いしたとき、ワインのこと、聞かれるんじゃありません？　聞かれなくても、感想の一つも言わないわけにいかないですよね」

「まあな」

碧斗は窓の外を見ていたが、振り返ってワインの袋を見つめた。

「適当に〝美味しかった〟なんて言うの、もっとも苦手でしょう？」

碧斗は嘘が嫌いだ。だから、飲んでもいないワインを「美味しい」とは言えないはず。こういうところは真面目というか、正直な男なのだ。

「やっぱり、これは社長が……」

私は来客用のテーブルの上にワインを置いた。

「だったらよ、お前も飲まなきゃ意味ねぇよ」

「どうしてでしょうか？」

「女と飲めって言われて、もらったものだぜ」

「社長、私のほかに……」

私はそう言いかけて、この先を口にするかどうかためらった。けれど、碧斗が無言で「なんだよ？」と睨んできたので、口にせざるを得なかった。

「……一緒にワインを飲む女性、いないんですか？」

無表情を装っているつもりなのだろうが、碧斗のこめかみがわずかに動く。

「いないわけねぇだろ」

「ですよね……」

「お前が飲みたくないなら、ほかの女と飲むからいい」

碧斗が紙袋を乱暴に掴み、自分に引き寄せた。

「いえ、いただきます！　ぜひ飲ませてください」

おそらく数万円の代物だ。自腹で飲めるワインではない。それに甘口のワインとあらば私の最も得意とする分野だ。

しかし、すっかり碧斗の機嫌を損ねてしまったようだ。碧斗は無言のままだ。私はなんとか機嫌を取ろうと微笑んで見せる。

「じゃあ社長……一緒にいかがですか？　ワインに合うおつまみ、考えておきますから、ぜひ一緒に」

料理は得意でないが、とっさに口から出てしまった。苦笑いしたまま私の視線が紙袋に向くと、碧斗は袋から手を離し、追いやるように私へ差し出した。

「それまでお前が持ってろ」

「はい！　ありがとうございます！」

私は紙袋を手にしてお辞儀をした。

「コーヒー淹れますね。あ、ほうじ茶にしましょうか？」

私は碧斗の返事を待たずにほうじ茶に決めた。二日も続けて接待が続いたのだ。身体すった。


をいたわらなくてはならない。

　私の選択に彼も納得したのだろう。ほうじ茶を運ぶと、碧斗は何も言わずに一口すすった。

　朝の打ち合わせを終え、外出する碧斗を見送った後、私はデスクで資料作成に取り組んだ。目の前の棚には、今朝、碧斗から預かったワインが入った紙袋が置いてある。時折、私は綺麗にラッピングされた紙袋の中身を、まるで透視でもするかのようにじっと見つめた。

　碧斗には彼女がいない。しかも、もうこの状態が三年も続いている。ルックスもいい、お金もある、仕事もできる。三拍子揃っていて三年も彼女がいない。碧斗を知っている人は、この状況を知るとみんなが揃って首を傾げる。

　周りからは、〝黙っていても女のほうから言い寄ってくるだろう〟と言われ、〝なのに彼女ができないのは選り好みしすぎるせいだ〟と断罪され、それを否定すると、〝まだ遊んでいたいんだな〟と言われる。そんなつもりはないとさらに否定すると、最後は〝本当は秘密にしている彼女がいるんだろう〟というところに落ち着くらしい。

　そんな具合だからいつしか碧斗は、この件についてはあきらめるようになっていた。

　もちろん、嘘が嫌いな碧斗は、彼女はいないと話したに違いない。けれど、相手の反応はだいたいこんなものだろう。

〝隠さなくてもいいだろう〟

碧斗の大きなため息が聞こえてくるような気がした。

妥協を許さない碧斗が唯一この点だけは妥協するようになったのだが、たびたび今回のワインのようなことを招いてしまう。

幼馴染で碧斗の性格は知っているつもりだし、社長としての考え方やスタンスも秘書として理解しているつもりだ。それだけに、どうして碧斗に彼女ができないのかわからなかった。私がそばで見る彼の女性に対する態度は問題なく思えるからだ。

そうでなくても碧斗は社長という立場上、交友関係は広いし、業種柄、女性との付き合いも多い。出会いの機会はかなり多いほうだろう。話し方も、態度も、私以外の女性に対してはとてもスマートだと思うし、好感も持てる。実際、近くにいて、女性のほうから気のある素振りをしていることに気づくこともたびたびある。

とはいえ、私が目にしているのは、あくまで仕事上の碧斗の姿だ。プライベートでは、どんなふうに女性と接しているのかは知らない。

そんなことをぼんやり考えていると、スマホがメールの着信を知らせた。私は仕事とプライベートで携帯を区別していない。そのため、着信には敏感だ。けれど、画面に表示されている名前を見て肩の力が抜けた。智からだった。

メールを開くと、夕飯の誘いだった。後で返事をしようと、メッセージを閉じかけたところで、気になる一文が付いているのに気がついた。

『就職、決まりそう』

目を疑ってもう一度読み返してみるものの、たしかにそう書かれている。

とりあえず、おめでとうのひとことでも返信しようと思ったところで、今度は電話の着信があった。碧斗からだった。

「はい、小柳です」

電話の用件は、スケジュールの変更と、その件の先方への連絡だった。加えて、夕方に一つ打ち合わせが入ったので、二時頃までに作成途中になっている資料を完成させておいてほしいとのことだった。

電話を切って、すぐにスケジュール表を修正し、先方に連絡を入れた。そうしながらも時計に目をやり、碧斗が戻ってくるまでの時間を確認すると、残された時間は多くなかった。関係部署とも連絡を取って情報を得なければならなかったので、昼食も食べずに資料作りに取りかかった。その煽りで、智への返信はそのまま頭から抜け落ちてしまった。

電話で告げられたとおり、二時前に碧斗がいったん帰社した。

「仕上がってるか?」

私は当然のように「はい」と返事をして資料を差し出したが、とりあえず形になったのは直前だった。碧斗は席に着くなり資料を広げ、すさまじい速さで目を通すと、修正箇所を指示した。

時間に追われていることは承知していたので、私もすぐにパソコンに向き直った。結局、完成に漕ぎ着けたのは、碧斗が打ち合わせに出る午後五時の十分前だった。

碧斗を見送って胸を撫で下ろしていると、智への返信を忘れていることを突然思い出した。慌ててスマホを手にして、私は顔を歪める。『今日の食事はどうなりそう?』と同じ内容のメールが何通も届いていた。

こうして返事が遅れてしまうことは少なくなかった。仕事優先なので普段なら仕方ないと思えるが、智なりにがんばって就職が決まりそうだというのに、こんな時間まで放っておいてしまい、後ろめたかった。

『ごめん、返事遅くなって』

私はそう前置きして、今日の食事の件を承諾し、あと一時間ほどで仕事は終わるとメールした。

待ちわびていたのだろう。珍しくすぐに智から返信が届いて、指定された店で一時間半後に待ち合わせる約束をした。しかし、結局急な来客があり三十分遅れで向かうことになってしまった。

智から指定された店は、栄《さかえ》駅の繁華街近くにあり、会社から歩いて十五分ほどで行くことができる距離だったが、少しでも早く着こうと小走りで向かった。到着すると、そこは洒落たダイニングバーだった。

「遅くなってごめん」

智の隣の席に、半ば倒れ込みながら椅子を引いた。急いで来たので、息は切れ切れで、バッグの紐は肩からずれ落ちていた。

「そんなのいいよ。仕事なんだから」

智がそう言いながら私を笑顔で見上げた。でも、私はその笑顔の前に一瞬見せた表情を見逃さなかった。

「ホント、ごめんね」

椅子に腰を下ろしながら、私は智から目をそらした。笑顔をつくる前の表情には、明らかに苛立ちが滲み出ていた。もちろん、智は私にそんな表情を見せるつもりはなかっただろう。無意識に表れたものだと言ってもいい。それだけに智の本心が垣間見えた気がして、申し訳なく思う一方で、得体の知れない恐怖を感じた。

智がこんな顔をしたことは今までなかった。けれど、すぐに別の考えが頭をもたげる。もしかすると、〝今までなかった〟のではなく、私が〝気づいていなかった〟だけなのかもしれない。

そんな考えを頭から追い出すように、私は口を開いた。

「この店、初めて来たけど、値段、大丈夫？」

いつも智が誘ってくれるところといえば、リーズナブルなファストフード店やチェーンの居酒屋と決まっていた。私自身は、女子会などでこうした酒落ているお店に入ることはあるけれど、お酒二、三杯と料理二、三品でも、そこそこの金額になるはずだ。

「大丈夫だって。たまには芹香もこういうところ来たいだろ？　ほら、飲もうよ。仕事上がりのビールって格別でしょ」

「うん、まあそうだけど……」

私の返事の途中で、智は店員を呼んだ。

「生ビールとウーロン茶」

「智は飲まないの？」

「俺、無職の身だし、芹香と一緒に飲むってわけにいかないからさ」

「そんなこと……」

突然の智の変貌ぶりに返す言葉を失った。今までこんなセリフは一度も聞いたことがない。あの智がこんなに簡単に改心するとは思えなかった。魂胆があるのではないかという疑念が浮かぶ。

「ウーロン茶はキャンセルで、生ビールを二つお願いします」

私は注文を訂正すると、「とりあえず、それで」とその場から店員を追いやった。

「変な気の遣い方、やめてよね。こっちもビールが飲みづらくなるじゃない」

「だってさ、働かざる者食うべからずって言うじゃん。あ、でも、今日はバイト代入ったし、俺が払うから」

「バイト代？　智、またバイト始めたの？　仕事は？　就職が決まりそうだって言ってたのは？」

ついこの間まで就職活動に専念するからという理由で、清掃員のバイトを辞めたのだ。そして、今日のあのメール。そのことがあって、私は彼を質問攻めにしてしまった。

「落ち着いてよ、芹香。ちゃんと話すから。でも、とりあえずビールが届くまで待って。乾杯してからにしようよ」

さっきまでは飲まないと言っていたのに、今度は乾杯。言動が支離滅裂で、彼の明るい表情とは逆に不安は募る一方だ。

生ビールが運ばれてくると、私は店員の丁寧すぎる動作に半ばやきもきしながら、グラスが目の前に置かれるのを待った。智は私より先にグラスを手にすると、私が持ち上げるのを待って、「乾杯」と軽い手つきでぶつけてきた。

私はビールを喉に流し込むと、我慢できず、すぐ切り出した。

「で、就職が決まりそうなのに、バイトも始めたってどういうこと？」

「なあ芹香、いい化粧品があるんだけど買わねえ?」

「えっ?」

　私にそれ以外の言葉があっただろうか。碧斗と一緒にいるときも、たびたび驚かされることがあるけれど、それとはまったく違う類《たぐ》いの驚きだ。

　私は思い切り眉間にシワを寄せる。

「何言ってるの……」

「いい化粧品なんだって。芹香なら特別に四十%オフにまでできるよ」

「化粧品て……なんで智がそんなこと言うの? もしかして、バイトってそれのこと?」

「そう。今日、早速一セット売れちゃって、これがその報酬」

　智はくたくたになった二つ折りの財布を取り出して、中から一万円札と千円札数枚を取り出した。

「一セットって……」

「一セット売っただけでこれだぜ? 一日十セット売ったとして……」

「智。これって、やったらダメなバイトだよ」私は彼の言葉を遮って語気を強めた。

「大丈夫だって。これはそういうやつとは違うんだよ。先輩たちなんて毎日の売上だけで、その辺のサラリーマンなんかより……」

「智! もしかして、就職の話もこれのこと?」

「何、怒ってんだよ？　バイトも決まって、順調にいけば、そのまま就職できそうなんだから一石二鳥だろ」

「智、それ、本気で言ってるの？　そんな仕事、胡散臭いに決まってるでしょ。どうしちゃったの？」

　今まで仕事が長続きしなくても、智が本当にやりたい仕事が見つかるまで応援しようと思ってきた。それだけに裏切られた気分だった。

「全然怪しくないよ。事務所も立派だったしさ。だからさあ、芹香、頼みがあるんだ」

　智は胸の前で手を合わせた。彼が私に何か頼み事をするときの仕草だ。聞かなくても、話の中身はおよそ察しがつく。

　落胆して視線を落とすと、彼は構わず続けた。

「今度の仕事、化粧品の販売だろ？　だから、売る側の俺自身が清潔感がなきゃダメだと思うんだ。で、スーツを新しく買いたいんだよね」

　以前にも聞いたことのあるセリフ……。その後も智は、懸命に言葉を重ねていたが、私の耳には届いていなかった。胸元で合わせたままの彼の手を、ただ呆然と見つめていた。

「芹香……おい、聞いてる？　なあ芹香？」

　私が我に返って顔を上げると、智は懇願するように上目遣いで私を見ていた。

「な、頼むよ。すぐ返すからさ。芹香が応援してくれたら俺、今度こそマジで頑張れそうなんだ」

ずっと応援してきたんだよ……。

私は心の中で呟きながら、身体の中で何かが冷めていくのを感じていた。

「……智。清潔感て、着てるものが新しいとかどうとかじゃないと思うんだけど」

「何？　どういうこと？」

「人に与える印象って、その人自身から滲み出てくるものだと思う。それに私、前にもスーツ、買ってあげたことあったでしょ。あれ、ほとんど着てないんじゃない？　智が着てる姿、記憶にない」

嫌味っぽくなってしまったかもしれないが、口が滑ったというよりは、言わずにいられなかった。

「ああ、あれ？　あれさ、あの後すぐに仕事辞めちゃったし、困ってる友達がいたからあげちゃったんだよね。言ってなかったっけ？　ごめん、芹香」

「あげちゃった？　そんなの聞いてないよ。それに、あのとき貸したお金もどうなってるの？　私、智を応援するつもりで買ったんだよ」

身を乗り出した拍子に、肘がグラスに当たって倒れそうになる。

「ごめんて。でも、困ってる友達を放っておくわけにもいかないだろ？」

「それはそうだけど、人助けしてる余裕なんて智にないでしょ。そのときだって、仕事辞めちゃった後だったんでしょ？」

まったく悪びれる様子のない智の態度に、ふつふつと胸の奥に怒りがわき立つ。

「どうせ必要になったら、また私に買ってもらえばいいと思ったんでしょ？」

「ち、違うよ。そんなことないって。純粋に友達の力になろうとしただけだって。それに自分で買えるならとっくに買ってる。それができないから頼んでるんだろ」

「だったら、今日もらったお金、こんなところで使わないで、スーツを買えるように貯めたらいいじゃない」

「どうしたんだよ、芹香……」いつもと私の様子が違うことに智もやっと気づく。「仕事が決まりそうだから、前祝いに芹香と乾杯したかっただけじゃん……」

私はまぶたに込み上げる熱と、今までにない感情が広がるのを感じた。

「〝決まりそう〟じゃなくて、ちゃんと決まってから乾杯したかった……。そのほうがずっと嬉しいよ」

私は碧斗の言葉を思い出していた。告げる機会はないと思っていたが、今がそのときだと思った。

「智……その就職の話、考え直してみない？　うちの社長がね、智を雇ってもいいって言ってくれてるの」

「芹香のとこの？　ブルー？　なんとかブルーの？」

「サムシングブルー」私は少しムッとしながら答えた。

「そこで何すんの？　俺にできることあんの？」

「それはまだわからないけど、どこで雇ってもらうにしても、就職するなら自分の好きな仕事ばかりできるわけじゃないと思うし」

「ふーん」

　無職の彼氏に就職のチャンスに繋がる話を持ってきたというのに、返ってくるのは不満げな表情と気のない返事だけ。今まで彼がしてきたという就職活動への意気込みがいかほどのものだったのか、私もやっと気がついた。

「もし、そのつもりがあるなら考えてみて。智が化粧品のほうに決めるなら何も言わない。けど……」

「けど？　けど、何？」

「スーツは買ってあげられない。悪いけど、私もそんなに余裕ないの。スーツだけじゃなくて、毎日の生活費も、もう智のぶんまで出せない」

「芹香、俺のこと、見捨てるの？」

「見捨ててなんかないよ。自立してほしいだけ！」

　そうきっぱりと言うと、智は憮然《ぶぜん》とした表情をしたまま黙り込んでしまった。今までにない重苦しい沈黙が流れる。

その沈黙を破ったのは、私のスマホの振動音だった。普段は無機質にしか感じないその小さな音が、今は救いに思えた。

「……ごめん、社長から。ちょっと出てくる」

私は智に断りを入れて、店の外に出た。

表に出ると心地よい風が私の髪をなびかせた。風の流れに沿って髪を掻き上げると、急いでスマホを耳に当てた。

「お待たせして申し訳ありません」

「さっさと出ろよ」

碧斗は待たされるのが嫌いだ。すぐに電話に出なかったせいで、いたずらに不機嫌にさせてしまったかもしれない。トラブル絡みの用件でないことを祈りながら尋ねる。

「申し訳ありません。どうかなさいましたか?」

「お前が好きって言ってたコーヒー豆の菓子、明日準備できるか?」

たいした用件ではなさそうだ。碧斗の声のトーンもいつもの調子に戻っている。ひとまず私は胸を撫で下ろす。

碧斗が言っているのは、〝貴婦人館〟という喫茶店で販売されている、コーヒー豆にチョココーティングを施したお菓子のことだ。甘いチョコを噛んだ後、コーヒーのほろ苦さと豊かな香りを味わえる逸品だった。

「明日ですか……」

そう呟きながら明日のスケジュールを思い出していると、碧斗が新たな情報を加えた。

「明日、東京へ行ってくる」

「東京ですか？」予定にはないものだ。「でも、明日はたしか名古屋で常盤《ときわ》社長と……」

「急遽、向こうへ行くことになった」

常盤社長が率いるトキワ電産はサムシングブルーの得意先で、東京に本社がある。名古屋にも支社があって、そこの幹部候補生の挙式がうちで行われた際に、常盤社長も出席していて気に入ってもらい、それ以来、ご贔屓《ひいき》にしてもらっている。今や名古屋支社の社員の挙式を、年に何度も任せてもらっているほか、名古屋での接待の場として、レストラン単独でもよく利用してもらっている。

その社長と明日は名古屋でディナーをご一緒する予定だったが、おそらく先方の都合で東京に変更になったのだろう。

「そうなんですか……。あっ、それでコーヒー菓子を」

以前、常盤社長をレストランでもてなしたとき、無類のコーヒー好きだとうかがって、何げなくコーヒー菓子のことを話題にしたことがあった。

そこまで思い出して、私は腕時計を確認した。

「社長、明日、出発は何時ですか？」

「昼過ぎ」

「よかった……」

碧斗がこの時間に連絡してきたので、今夜中にお土産を用意しなければならないのかと思ったのだ。

「じゃあ、明日の午前中に準備します」

「ん、頼んだ」

「はい」

普段なら「準備します」と言ったあたりで、慌ただしく電話が切れるはずなのに、今はそうではなかった。もう碧斗も、本日の仕事を終えたのだと察した。

「こんな時間に連絡をいただいたのは、何かほかにご用件があったのですか？」

この程度の案件なら、明日、出社してから指示をすれば済むはずだ。

「特にねぇよ。スケジュールに変更があったら、すぐ連絡しろっていつもうるさいのはお前だろ」

「そうでした」

私は返事をしながら、自然と笑みを浮かべていた。碧斗の言うとおり、珍しいことではないのに、このタイミングで電話をもらったことで救われた気分だったからだ。

「連絡ありがとうございます」

話しているうちに嫌な気分も薄れていた。そのことに気づいたとき、店の扉が開いて智が歩み寄ってきた。

「おせーよ」

私はまだスマホを耳に当てていたので電話中であることがわかったはずだが、智はお構いなしに話しかけてきた。私が顔をしかめると、彼はそれも無視して続けた。

「社長との電話、やけに楽しそうじゃん?」

私は眉間にシワを寄せて睨んだ後、スマホ越しに智の声が聞こえないように、彼に背を向けた。けれど、すでに聞かれていたのだろう。

「悪いな、邪魔して」

そう言うと、碧斗は電話を切った。苛立ちを隠さずに私が振り向くと、智がそれ以上の形相で立っていた。

「俺、行くわ」

智はそう吐き捨てると、私の前でポケットからスマホを取り出して、どこかに電話をかけ始めた。

「……あっ、俺です。時間空いたんで今から行けます。……はい。……わかりました。じゃあ、後で」

彼は淡々とした口調で電話を終えると、逆再生のようにまたスマホをポケットにしまった。智が敬語を使う相手は限られている。新しいバイト先の誰かだろう。

「さっきは断ったんだけど、やっぱ俺行くわ」

「智……」

引き留める間もなく智は背を向けた。考え直してほしいとは言ったが、これが彼の答えなのだろう。

私はそれ以上、智に声をかけることもなく、一人で店に戻った。

智のいなくなった席の隣に腰を下ろす。今は何も考えたくなかった。誰かと話しでもして、気を紛らわせたかったが、友達を呼び出せば、必ず理由を聞かれるだろう。惨めな姿をさらけ出したくはない。そうでなくても、今まで散々、智との付き合いを友達から反対されてきたのだ。

私は大きくため息をつき、メニュー表を手に取った。顔を上げると、若い女性のウェイトレスが注文を取りにやって来た。

「前菜の盛り合わせとモッツァレラチーズのとろとろオムレツ、生ハムとチーズの盛り合わせ、ホタテ貝のペペロンチーノと牛ホホ肉の赤ワイン煮、以上でお願いします」

「あの……お連れさまは……」

「急用で帰りました」

さきほどから、私と智のやり取りは見えていただろうから、この空気を察してほしい。私はぬるくなったビールを一気に飲み干して、隣の席に視線を落とした。カウンターの上で、智のグラスは空になっていた。

「すみません、ジンジャーエールを一つ追加で」

私は自分のグラスとともに、智のグラスをカウンターの奥へと追いやった。


翌朝は目覚めの悪い朝になった。当然だ。昨日のやけ食いで完全なる胃もたれを起こしていた。とても朝食を食べる気にはなれず、重い身体を引きずりながら出社の準備をした。

いつの間にか三十歳。若い頃には気にならなかったことが気になり始め、こうなるだろうと危惧していたことが、着実に実現していく。

「最悪……」

口にしてみると、今の状況が本当に最悪なものであると自覚する。暴飲暴食は肌にも悪い。血色の悪い顔にいつもより丹念に下地を塗って、ファンデーションのパフを叩くものの、いつものようには綺麗に乗らない。チークを濃くして可愛らしくなる年ではないので、結局、いつものピンクベージュのルージュではなく、赤にして家を出た。

いつもは心地よく感じる電車の揺れも、今日ばかりは苦痛でしかなかった。それに加えて、乗客の目が自分の顔に向けられているような気がして落ち着かなかった。

乗りの悪いファンデーションが白浮きしているのかもしれない。それとも赤のルージュが似合っていないのだろうか。胃もたればかりが気になって、仕上がりをよく確認しないまま出てきてしまった。

電車に乗っている間、私は片手で頬を隠して身体を小さくし、ただじっと会社の最寄りの久屋大通駅《ひさやおおどおり》に到着するのを待った。

電車を降りると、うつむき加減で会社まで早足で歩いた。鏡を取り出して確認すればいいものの、それすらも恥ずかしくてできなかった。

ようやく会社のビルのロビーまでたどり着くと、制服姿の受付嬢がカウンター越しに「おはようございます」と私に挨拶した。彼女の名前は立入千穂美《たていりちほみ》。今年の一月からこのビルの管理会社より派遣されている。

「おはよう」

私が挨拶を返すと、彼女はお辞儀をしていた身体を起こし、不思議そうに私を見つめた。電車の中で感じた気がした乗客の視線と同じものだ。

「何？　千穂美ちゃん、私、そんなにヤバイ？」

思わず彼女に近づいて尋ねる。

「ヤバイ？　いえ、全然。ただ、いつもと雰囲気が違うな……と思って。赤いルージュ似合ってますよ」

「え？」

　その言葉を素直には受け取れなかった。私は怪訝な顔を彼女に向けるが、それでも彼女の笑顔が崩れないのでもう一度聞き返した。

「今日の私、変じゃない？」

　こんなことを聞く時点で十分変だが仕方がない。人は誰かに肯定されると安心する。それが自分の信頼の置ける人ならなおさらだ。

「全然。今日の芹香さん、素敵ですよ」

　彼女の変わらない笑顔を見て、やっとまともに呼吸ができた。

「はあ……お世辞でもありがとう。この会社の男性社員の気持ち、わかるわぁ」

「なんですかそれ？」

「だって、千穂美ちゃん、このビルのアイドルでしょ。その笑顔を向けられたらきゅんとしちゃうもん。今日も頑張ろうって気になるし」

　彼女はサムシングブルーの社員ではないが、派遣されるや否や、社内でもすぐに評判になった。美人で愛想もよく、みんなが思い描く理想の受付嬢だからだ。

　受付嬢の千穂美ちゃんと社長秘書の私は、碧斗のスケジュールや来客の件で連絡を取り合うことが多く、すぐに親しくなった。彼女が五歳も年下なので、私にとっては妹のような存在だった。

「そんなことないですよ。芹香さん、それ、発想が男ですよ」

「男……か。それは気をつけなきゃ。でも、ホント、千穂美ちゃんのおかげで元気出た。ありがとう」

「よかった。芹香さん、今日の社長のご予定は？」

「あ、うん。午後から出張。今日は戻らないかもしれないから」

「芹香さんもご一緒ですか？」

「私は別。今日はたまっている書類を片づけなきゃ。千穂美ちゃんも頑張って」

「はい。芹香さんもファイトですよ」

「ありがとう」

私は彼女に元気をもらうと急に身体が軽くなり、颯爽《さっそう》とエレベーターへ向かった。

しかし、身体が軽くなったと思ったのもつかの間、出社してきた碧斗が、今朝の誰とも違う視線を出迎えた私に向けてきた。

「な、なんですか？」

私は両手で頬を隠した。それでも無言で私を見つめる碧斗に、聞かれてもいないのに白状する。

「……食べすぎで胃がもたれているうえに、肌の調子が悪いんです」

すると、碧斗はやっと視線を外し、ため息をついた。呆れているというよりは憐《あわ》れんでいるような長いため息だ。

「受付とは大違いだな」

「受付……と申しますと?」

碧斗は何も答えずに席に着いた。

「あっ、千穂美ちゃん……立入さんのことですか?」

きっと碧斗も、今しがた彼女のあの笑顔に出迎えられたのだろう。

「彼女と比べないでくださいよ。五歳も違うんですよ。まだ、何をやったって、お肌のトラブルなんて無縁ですよ。そういう子と私を比べないでください」

「〝何をやったって〟というか、〝何もしでかさない〟タイプだろう。誰かと違って、暴飲暴食とか」

「誰かと違ってって……それは、そうですね……」

先ほど見た彼女の笑顔を思い浮かべると、納得せざるを得なかった。けれども、すぐに反撃の糸口を見つけ、私の口角がつり上がる。

「社長が特定の女性を話題にするのって珍しいですね。立入さん、可愛いですもんね」

もしかすると碧斗も、毎朝、あの笑顔を楽しみにしている男の一人なのかもしれない。

朝、地下の駐車場に車を停めると、そのままエレベーターで七階まで上らずに、いったん一階で降りて、夜のうちに自分宛ての荷物が届いてないか受付に確認しにいくことも少なくない。

「あの笑顔を見たら、頑張ろうって気になりますよね。ホント、あのニコッて笑顔にコロッと」

「お前さあ、完全に発想がオヤジ」

「えっ⁉ あ、それ、さっき立入さんにも同じこと言われたんですよ。立入さんと社長、気が合うんじゃありません？」

「バカか。お前見て、オヤジを連想しないヤツのほうが珍しいだろ」

「あの、そこまでひどくはないと思いますけど」

「いや、ひどい」

ああ言えばこう言うのはいつものこと。挑発に乗ってはいけない。

「そうですかね……」

「どうでもいいけど仕事するぞ。とりあえず茶。茶色のやつ」

「ほうじ茶のことでしょうか？ 珍しいですね、ご自分から」

「うるせぇよ。お前のぶんも淹れてこいよ」

「私のも、ですか？」

「俺が一杯だけ飲むんじゃ、茶っ葉がもったいねぇだろ」

「わかりました。お待ちください」

私はお茶を淹れに給湯スペースに向かった。ほうじ茶の茶筒を開けると、香ばしい香りが鼻孔をくすぐり癒される。

お茶を淹れて、碧斗のデスクまで運ぶと、もう一度給湯スペースに戻って自分の湯呑みを手に取った。湯気と一緒に立ち昇る香ばしい香りに誘われ、その場で立ったまま一口すする。

「美味しい……」

朝は何も口にする気になれなかったのに、身体の奥に染み入って、私の中に沈んでいる重い塊を溶かしていくようだった。

「あ……」

私はもう一口飲んで湯呑みを両手で包んだ。ふと、もしかするとこれは碧斗なりの私への気遣いだったのではないかと思う。

「まさかね……」と呟いて、私は湯呑みを持って自分のデスクに向かった。

一日の仕事は、社長室でのスケジュール確認から始まる。今日は朝一番に企画会議があって、その後、午前中に来客が二件。午後、いったん外出した後、一度会社に戻ってから例の東京行きという予定だ。

確認を終えて秘書室に戻り、早速受付に連絡を入れる。

「二件目のお客さまはお見えになったら、こちらに連絡をください。ロビーまで迎えに行きます」

「かしこまりました」

業務的な話を終えた後、彼女と少し雑談を交わす。

「今日、社長が千穂美ちゃんのこと話してたよ」

「えっ、私、何か失礼なことでもしちゃいましたか？」

「違う、違う。その逆。褒めてたよ」

「嘘⁉　ホントですか？」

受話器の向こうでうろたえる彼女をたしなめながら、私はそんな彼女の様子を可愛らしく思った。

「私と同じで、きっと社長も千穂美ちゃんの笑顔にやられちゃったんじゃないかな」

「そ、そんなことないと思いますけど……。永友社長、いつものように無表情でしたし」

「ああ、社長はいつもあんな顔なの。ほとんど感情を表に出さないんだから」

そこまで話したところで、ドアをノックする音が聞こえたので、私は電話を終わりにした。

「会議の準備ができました。社長にお伝えください」

企画部のメンバーから声がかかる。

「かしこまりました」

碧斗に取り次いで会議室に送ると、午前中は昨日頼まれたお土産の準備や、新幹線の乗車席の予約、会議から戻った碧斗の来客対応に奔走する。

午後、外出した碧斗がいったん会社に戻ったタイミングで、決裁書類をすべて確認してもらい、それが済むと、新幹線の乗車券とお土産の入った紙袋を碧斗に渡した。

「万が一、宿泊になった場合はメールで構いませんので早めに連絡ください。ホテルを手配しますので」

「わかった」

碧斗は荷物を確認して鞄を手にした。私も一緒にエレベーターに乗り込み、駐車場まで見送りにいく。

「お土産の紙袋、新幹線の中に忘れないでくださいね。あ、その前に車に置いていかないでくださいね」

「俺はガキか？」

「心配してるだけです」

碧斗が少し不服そうにしながら車に乗り込む。ドアを閉める寸前に、もう一度声をかける。

「朝のほうじ茶のおかげで体調、だいぶよくなりました」

「……あっそ」

碧斗からは相変わらずの素っ気ない返事だが、秘書らしく笑顔で送り出す。

「行ってらっしゃいませ」

「行ってくる」

碧斗の車が低いエンジン音を唸らせ、暗い地下から春の光が降り注ぐ地上に消えていった。いつも助手席で感じる太陽の眩しさをまぶたに感じる。錯覚だと思いながらも、私は手をかざして目を閉じた。

見送った後、駐車場でエレベーターを待っていると、秘書室宛ての電話が私のスマホに転送されてきた。碧斗の留守中に受けた電話は、逐一、要点をメールにまとめて碧斗の指示を仰がなければならない。ファックスなどもスキャンしたものをメールに添付して送信することになっている。

私は電話を受けながら自分の仕事場へ一目散に戻った。碧斗が外出しているからといって、必ずしも息抜きできるわけではなく、こうした連絡係としての仕事が増えるため、逆に忙しくなることも多くなるくらいだ。

結局、予定していた書類整理に手をつけられるようになったのは、定時を過ぎてからだった。しかし、作業を始めて一時間もすると、今度は空腹が襲う。胃もたれのせいで、昼食を抜いたからだ。

でも、お腹が空くのは胃の調子が戻ってきた証《あか》しだろう。夕飯には何か軽いものなら食べられそうだった。体調の回復を実感して安堵すると同時に、朝のひどかった顔を思い出す。目の前の仕事をこなすのに精いっぱいで忘れていた。

　私はバッグから手鏡を取り出して、恐る恐る自分の顔をのぞいた。そこには予想していた顔はなかった。何度も頬を手のひらで覆ったため、ファンデーションはだいぶ薄くなっていたが、顔色はよくなっていた。ルージュはほとんど落ちていたので、帰る前に塗り直す必要はあるだろう。でも、悲惨な状態でないことは確かだった。

　ずいぶん気持ちが軽くなる。気分転換にほうじ茶を淹れてデスクに戻ると、たまっていた名刺の束に手を伸ばし、パソコンへの入力を始めた。思ったより時間はかかったものの、すべての入力を終えると伸びをして、冷め切ったほうじ茶を飲み干した。

　給湯スペースで片づけを済ませ、社長室でブラインドを下ろしていると、スマホが振動した。碧斗が宿泊になったのかと思いながら画面を見ると、意外な名前が表示されていた。

「はい、小柳です」

「小野田だけど」

「お疲れさまです」

「お疲れさま。ごめん、もう自宅？」

「いえ、まだ社内です。どうかなさいましたか？」

小野田さんから私の携帯に直接連絡があるのは珍しいことだった。急用だと思い、私はスマホを強く耳に押し当てた。

「あ、いや、ごめん。仕事の件じゃないんだ。……あ、半分は仕事かな」

「半分、ですか？」

話の方向性が見えないため、私は自然と少し身構える。

「まだ会社って言ってたよね？」

「はい。社長室にいます」

「碧斗のいない社長室だね」

彼の顔は見えないが、いつもの穏やかな笑顔がすぐに目の前に浮かんだ。

「あの、今日の急な予定変更……そちらは大丈夫でしたでしょうか？」

従来の予定では、今日の常盤社長との会食は名古屋店で行うはずだった。変更となって、小野田さんにも少なからず迷惑をかけてしまったに違いない。

「それは大丈夫。食材も仕入れて、気合も入ってたんだけどね。でも、気合はいつも入れてることだし、こっちのことは心配ないよ」

彼は笑い交じりに言った。

「ありがとうございます」彼の声は、本当に人を安心させる響きがある。「あの、それで……」

「ああ、そうだ。小柳さん、会社ってことは夕飯まだだよね？」

「はい、そうですが」

「よかった。これからこっちで一緒にどうかな？」

「え？　あ、あの……」

　突然の誘いにうろたえてしまった。

「ああ、説明不足でごめん。この前、碧斗と来たときのデザート、完成してるんだ。だから、今日はコースで食べてもらおうと思って」

「コースですか⁉」

「ほら、碧斗も言ってたでしょ？　デザートはコース料理を構成する一部なんだよ。コースの流れに沿って、最後に出てきたときにどう感じるか、今日はその感想を聞かせてほしくて」

　デザートだけならともかく、コース料理をいただくとなると、軽々しく返事はできない。体調が戻ってきたといっても、軽い食事ならいざ知らず、コース料理となるとわけが違う。しかし、これは単なる食事の誘いではない。デザートの試食を前提としたいわば業務の一環だ。

「社長は不在ですけど、私だけでよろしいんでしょうか？　社長にも味わっていただいたほうがよろしければ、また日を改めて……」

「碧斗はいいよ。あいつの考えや意見はもうわかってるし。聞きたいのは、小柳さんの感想だから」

「……ありがとうございます。では、うかがいます。ただ、電車での移動なので、少し遅くなってしまうかもしれませんが、よろしいでしょうか？」

「大丈夫。もうすぐ貸し切りのウェディングパーティーが終わるところで、今日はこのまま店じまいだから。なんならこれから迎えに行こうか？」

「い、いいえ、大丈夫です」

　相手には見えないが、私は首を大きく横に振った。

「じゃあ、待ってるね」

「はい。では、後ほど。失礼いたします」

　私は通話を終了した。この時間になっても、碧斗から電話やメールがないということは、今日は予定どおり最終の新幹線で帰ってくるつもりなのだろう。

　一方、私のほうは想定外の予定が入ってしまった。しかし、小野田さんの料理をコースでいただけるのだからこんなに嬉しい業務はない。こんな日にベストコンディションでないことが悔やまれるが、私は最後のブラインドを下げると、秘書室に戻り、薄くなったルージュを塗り直して、社長室を後にした。

地下鉄に揺られて、名古屋店の最寄りとなる星ヶ丘駅《ほしがおか》で下車する。あまり遅くなっては申し訳ないし、駅から少し距離があるので、迷わずタクシーを拾った。

数分後、レストランに到着した。ウェディングパーティーの出席者は大方引けた後なのだろう。駐車場には、スタッフのものと思われる数台の車しか残っていなかった。運転手がもう閉店なのではないかと心配したが、私は「大丈夫です」と微笑んでタクシーを降り、従業員用の通用口から店内に入った。

レストランは昼と夜とではがらりと雰囲気を変える。絞られた照明の中でシャンデリアが静かに煌《きらめ》いている。昼間とは違い、落ち着いていて、大人の場としてのムードが漂っていた。

小野田さんは入り口のところで、最後の客を見送っているところだった。私の姿に気がつくと、目配せをしてお客さまを店の外まで見送りに出た。そして店内に戻ると、まっしぐらに私のところにやって来た。

「いらっしゃいませ」

小野田さんはわざとらしく丁寧に頭を下げる。

「やめてください。私はお客さんじゃありません」

私がそう言うと、「せっかく足を運んでくれたから」と、彼は疲れなど一切感じさせない笑顔を見せた。

「さあ、こっちに来て。すぐに用意するから。小柳さん、こっち、こっち」

「はい」

「ここに座ってて」

一番厨房に近いテーブルに私を案内して椅子を引いてくれた。

「ありがとうございます。貸し切りみたいですね」

誰もいなくなったフロアを見渡すと少し緊張した。

「ウェディングパーティーの後、常盤社長をお招きするので、そのまま貸し切りにしてたから。よかったよ、小柳さんに来てもらえたし」

「社長がいなくても本当によろしいんですか？　メールで報告はしておきましたけど、今頃拗ねてるかもしれませんよ」

「たしかに拗ねてるかもしれないな」小野田さんは鼻から息をもらして笑った。「アイツ、わかりやすいからな……」

その言葉は意外だった。

「社長って、わかりやすいですか？」

「わかりやすいよ。小柳さんのほうがよく知ってるんじゃない？　幼馴染なんだよね？」

「それはそうですけど……。たしかに昔はわかりやすかったんですけど、今は全然。いつも無表情でよくわからないんです。不機嫌なときだけは、すぐわかりますけどね」

私の言葉に小野田さんは噴き出して笑った。

「碧斗、君の前ではカッコつけてるんじゃない？」

「それはないと思います。私にカッコつけてもなんの得もないですからね」

今朝の碧斗の〝オヤジ〟発言を思い出して、拗ねたような言い方になってしまった。

「君は拗ねても可愛いね」

「えっ？」

伏せていた顔を上げると、小野田さんが優しく微笑んでいた。

「からかわないでください……」

彼の言葉に年甲斐もなく赤くなって目を伏せる。会社では碧斗、プライベートでは智としかほぼ男性との交流がない私は甘い言葉と無縁だった。

「さあ、話を続けていたいけど、続きはまた料理を出してからにしようか。話す時間も減っちゃうし、お腹も空くからね」

小野田さんは私を残して厨房へ向かおうとした。

「あの、副社長」

私は思わず立ち上がり彼を呼び止めた。

「何？」と、彼が振り返る。

「あの……」と言いかけて、私は下を向いた。

「どうしたの？」

　言い出しづらかったが、私は顔を上げて続けた。

「あの……もしそう思ってくださっているなら、コースのお料理でなくて、もっと簡単にできるものでも……」

　すると、一度厨房へ歩きかけた彼が私のほうへ戻ってくる。

「もしかして急いでる？」

「いえ、そうじゃなくて……」

　首を振りながら私は上手い言い訳が見つからず、本来なら知られたくなかったが、本当のことを白状した。

「小柳さんがヤケ食い？」

　小野田さんは私の話を聞いた後、もう一度声に出して言った。改めて言われると、恥ずかしさが倍増する。

「はい……。この年になってお恥ずかしいです」

「いや、こちらこそ、ごめん。そうなら遠慮せずに、最初から言ってくれたらよかったのに。無理させちゃった？」

「いえ、全然。朝食もお昼も抜いたので、量は食べられるかわかりませんけど、お腹自体はすごく空いてて……」

気まずいながらも、私は上目遣いに彼を見た。

「僕の料理なら、食べられそう？」

「はい」

私が答えると、彼は満足げに微笑んだ。

「わかった。そういうことなら任せて。今の君にも食べやすい料理を用意するよ。あまり待たせないつもりだけど、ゆっくり待ってて」

「私なら急いでいただかなくて大丈夫ですから」

彼は「了解」と返事をしながら、厨房に姿を消した。

料理を待つ間、私は手帳を広げて、今週の碧斗の予定や連絡漏れがないかなどを確認した。それらも済んでしまうと、バッグから本を取り出して読みはじめた。私は普段から何かしらの本を持ち歩いている。碧斗に同行するとき、一人で待たされることも少なくないからだ。

しばらくして、小野田さんが戻ってきた。

「それ、ビジネス書？　小柳さんは真面目だなぁ」

彼はテーブルにカトラリーをセットしながら言った。

「そんなことありません。今日はたまたまビジネス書ですけど、小説とかエッセーのときもありますから。社長はたいていビジネス書か、新書ですけどね。あれでいて、忙しい合間を縫って、結構読まれてるんですよ」

「へえ……。じゃあ、碧斗の影響か」

「もしかしたら、そうかもしれませんね」

彼は「そっか……」と呟くと、「さあ、本はしまって。できたよ」と明るく言った。そして、もう一度厨房へ戻り、今度は両手にプレートを重ねて運んできた。きっと、スタッフはすでに帰宅したのだろう。私たちが出す音や声以外は何も聞こえてこない。

「お待たせ」

彼はパスタとスープを用意してくれた。カブのポタージュと山菜を使った和風パスタだった。

私の体調を気遣ってくれたのだろう。カブのスープは、胃に優しそうで、パスタはさっぱりとしていて生姜の香りが食欲をそそる。

「ありがとうございます。すごく優しいお料理ですね」

私がお礼を言うと、小野田さんはいつも以上に深く微笑んだ。

「よかった。気持ちが通じて。君のために作ったから」

意味ありげに感じたものの、どう反応していいかわからず受け流した。小野田さんも何事もなかったかのようにフォークにパスタを巻きつけている。

すると、フォークを巻く手が止まり、上目遣いに私を見る。

「答えづらければ答えなくていいけど、さっきのヤケ食いの原因って……彼氏？」

二人しかいない静かな店内に、彼の穏やかな声が響く。

「……そんなところです」

「この前、碧斗が小柳さんの彼氏のこと、〝ダメ男〟って言ってたから気になってたんだ。何かあったの？」

「いえ、特に何かがあったわけじゃ……」

「ごめん、プライベートなことまで聞いちゃって。言いづらいよね。相談役はもっぱら碧斗ってところかな」

小さなため息にも似た息遣いが聞こえた。

「いえ、社長にはまったく。呆れられているだけで相談になりません」

私も思わずため息をつく。すると、小野田さんが微笑みながら言う。

「僕でよかったら、なんでも相談して」

「副社長は優しいんですね」

私はカブのスープを一口飲んだ。カブの甘味は小野田さんの優しさに似ていた。

「ねえ」

「はい」

「一つお願いがあるんだけど」

「お願い……ですか？」

私は聞き返しながら首を傾げた。

「僕と二人のときは、副社長じゃなくて名前で呼んでくれないかな？」

「名前で、ですか？」

「そう。経営的なことは碧斗にお任せだから、副社長って呼ばれても、自分のことのように聞こえないんだ。それに君と二人のときくらい、仕事から離れたいんだ」

「でも……デザートの試食は仕事ですよね？」

「まあ、そうではあるけど、部下が上司に報告するようなかしこまった意見は聞きたくないんだ。この前も言ったとおり、一人の女性としての意見が聞きたい」

「それは、わかりますけど……」

「海外だとそれが当たり前の国もあるし、気軽に呼んでみてくれないかな？」

彼の意外な言葉に驚いたものの、彼が本当にそれを望んでいるように思えたので、数秒の沈黙の後、私は彼の名前を呼んだ。

「小野田……さん」

すると、彼はクスクスと笑った。

「名前を呼ぶだけでそんなに緊張するかな？」

「緊張しないほうがおかしいですよ。第一、いつも社長が一緒で、副社長と二人ってことだって初めてですし」

「〝副社長〟じゃないだろ?」

「あ、えっと、小野田さん。どう頑張ったって緊張します」

「そっか。じゃあ、今日のところは仕方ないね。でも、名前で呼ばれると、やっぱり嬉しいよ」

本当に嬉しそうに微笑むので、私は恥ずかしくなってうつむいた。

「それで……さっきの話に戻るけど、彼のことは大丈夫?」

「……はい、大丈夫です」

私は返事をしてカブのスープを口に運ぶ。優しい甘さが喉に絡みつくように徐々に下へ降りていく。喉元を通り過ぎ、胸元にその温度が広がると、私の唇は力なく開いて弱音をこぼしていた。

「大丈夫と言いたいところなんですけど……」

私はスープカップを両手で包み、その温かみにすがるように息を吐いた。弱気な態度を見せてしまったことに後悔が押し寄せて、苦笑いでごまかそうとしたが、小野田さんは許してくれなかった。

「最後まで話を聞くつもりなんだけど、僕じゃ、役不足かな」

「違います！　そうじゃないんです。私もともと、こういう相談が苦手なんです。それに、みんなにダメ男って言われてて、じつはそれがちょっとつらかったりするんです。私も彼に問題があるのはわかってるんです。だらしなくて、お調子者で、子どもっぽくって、現実から逃げてばかりいて……」

自分で言いながら、どうして智のことが好きなのかわからなくなっていく。

「実際、みんなが言うとおりだからつらいのかな……。そういう彼をなんとかしてあげたいって、ずっと思ってきたんですけどね……」

「彼のことをなんとかしてあげたいって気持ちは悪いことじゃないと思うけど、それって恋人としてなのかな？」

「え？」

「小柳さんて、頑張ってお姉さんしちゃうとこあるんじゃない？」

「お姉さん……？」

「見てていつも思うけど、碧斗に対してもお姉さんでしょ？」

「それは……」

はっきりと否定できずに言葉を濁していると、小野田さんがきっぱりと言った。

「手のかかる弟だもんね」

「……」

「小柳さんは優しいから、そういう男を放っておけないんだよ。なんとかしてあげなきゃってさ。でもそれって、好き嫌いと別ものだと思うんだけど、違うかな？」

そう言って私の瞳を真っすぐに見る。まるで暗示にかけられたように、彼の言葉が耳の奥で何度も繰り返される。

私はつらくなって目を伏せた。でも、言われたことはもっともに思える。

「もしかしたら……そうなのかもしれません。ただ、放っておいたら彼、どんどん悪いほうへ行ってしまう気がして……」

「そうなったらそれまでの男だったってことだよ。そんなヤツ、君にふさわしくないよ。絶対に」

小野田さんは反論を許さないような強い口調で断言した。彼の気迫に圧《お》された私はフォークから手を離して、膝の上で拳を握りしめた。

「ごめん。小柳さんの彼氏のことなのに言いすぎた。せっかく来てもらったのに、雰囲気悪くしちゃってごめん。ただ……君のことが心配で……」

小野田さんの声が急に弱々しくなり、私は思わず伏せていた目を上げて彼を見た。その表情には、明らかに動揺と戸惑いが見てとれた。きっと、彼自身、こんなことを言う気はなかったのだろう。それだけに申し訳なく思えた。

「大丈夫です。おっしゃられたことはもっともだと思います。私なんかのために気を遣っていただいて、私こそすみません」

「私なんかのためにって……君だから心配なんだよ」

その瞳は本当に私のことを心配してくれているようだった。

「……ありがとうございます。そろそろけじめ……つけなきゃいけないのかもしれませんね」

私は手元をぼんやり見つめながら続けた。

「ずっと頭の片隅にはあったのに、自分では踏ん切りがつかなくて……。でも、そのきっかけを、社長が与えてくれたのかもしれません」

「碧斗が？」

「はい。社長に〝もうお金は貸さない〟って言うように言われたんです。それで彼にそう言ったら、今まで目を背けてきたものが見えてしまって……。まだどうなるかわからないですけど……」

ここまで言って私はおどけて笑って見せた。すると、小野田さんは苦笑いしたあとで、それとは対照的に優しく微笑んだ。

「とりあえず、この話は終わりにしようか。せっかくの料理が冷めちゃうし。ただ、もし困ったことがあれば、なんでも言って。いつでも味方だから」

私はお礼を言う代わりに小さくうなずいた。

それからは主に料理の話をいろいろしながら、少し冷めてしまったパスタとスープを残さず食べた。どちらも少し冷めてしまっていたが十分に美味しく、料理に込められた小野田さんの優しさによって、料理が冷めていることなど少しも感じさせなかった。

「ご馳走さまでした」

私は空になった食器を前にして手を合わせる。

「ご馳走さまは、まだ早いよ。今日のメインを出すから待っててね」

「あっ、はい。何かお手伝いしましょうか？」

「いや、大丈夫」

小野田さんはテーブルの上の食器を淀みない動作で手に取ると、私を残して厨房に入っていった。お腹が満たされたせいだろうか。少し元気が戻った気がした。

ほかにお客さまがいないため、厨房の音が微かに聞こえる。おそらくスプーンでも用意しているのだろう。金属性の高い音が耳に届く。その音を聞くだけで胸が高鳴るのは、小野田さんの作るデザートへの期待が高いからに違いない。

「紅茶を淹れてるから、少し待ってね」

小野田さんが厨房の入り口から顔をのぞかせて、私に声をかける。

「あっ、副社長、運びます」

私が立ち上がると小野田さんは笑った。

「こらこら、そういうのはなしにしようよ。僕が君をもてなしたいんだし、それに、もう〝副社長〟？　油断してると、すぐにリセットされちゃうんだね」

「すみません……」

「座って待ってて」

そう言って小野田さんは再び厨房に姿を消した。

まもなく、カップとティーポットが運ばれ、続いてデザートプレートが私の前に置かれた。

「綺麗……」

私は真っ白なプレートに浮かぶ色鮮やかな苺のブリュレに目を奪われる。この前いただいたときよりも、見た目はシンプルになっているのに、想像をかき立てられるとでもいうのだろうか。どんな味に仕上がっているのか、強く興味を引かれる。

「美味しそう」

「美味しいといいんだけど」

小野田さんはそう言って紅茶をカップに注ぐと、席に着いた。

「いただいていいですか？」

「どうぞ、召し上がれ」

小野田さんは自信ありげに口角を上げた。

一口食べた私は数秒間黙り込む。その美味しさに言葉を失ったというより、口の中に広がる贅沢を堪能したかったからだ。その間、小野田さんはテーブルに頬杖をついて、じっと私の反応をうかがっている。

「美味しいです。ものすごく。本当に美味しいです」

「よかった。予想以上の反応だ」

「美味しいですよ、本当に」

私は続けて二口、三口と口に運んだ。

「前におっしゃってたように、これくらい甘いほうが満足感はありますね」

「そうでしょ？」

私はうなずきながら、口の中の甘さを堪能する。ふと気づくと、小野田さんが料理人の顔になっていた。

「ただ甘くして、血糖値を上げればいいって話じゃないんだ。ちょうどいい甘さは一口食べたらまた欲しくなって、二口目……三口目……そして最後の一口を惜しむように味わうんだ。そして食べ終わった後にも、その甘さを思い出して、しばらく甘美な余韻に浸るんだ」

「本当にそのとおりですね」

あっという間に平らげてしまった私は目を閉じて、彼の言うところの余韻に浸る。

「このデザートを食べる感覚って、何かに似てない？」

私は夢から現実に戻るようにゆっくりと目を開けた。

「何かに……ですか？」

私は首を捻りながら乏しい想像力で考えるが、何も浮かばない。

「すみません……。見当もつきません。あの、何に似てるんですか？」

「いや、いいんだ。そのうちわかるよ、きっと」

彼は意味ありげに微笑むだけで教えてはくれなかった。私は首を傾げたが、彼は終始笑顔のままだった。

気になった私はなぞなぞの答えを探すように、その後も考えを巡らせ顔をしかめる。

すると、彼が私の顔をのぞき込んだ。

「どうかしましたか？」

「いや。なんでもない。デザートの余韻はもうなくなっちゃったみたいだね」

「あ、すみません」

「謝らなくていいけど、僕はまだ余韻に浸ってる」

彼はそれを表すように優雅に紅茶をすすった。

「今日、君がここに来たときから驚いてたんだ」

「驚いた？　何にですか？」

「今日のルージュ、どうしていつもと違うの？」

「これは……」

昨日の食べすぎで血色の悪かった顔色をごまかすためだったとは、さすがに言えない。それ以上に、小野田さんが今日の私のルージュの色が普段と違うことに気づいたことに驚いてしまっていた。

「驚いたよ。僕が作ったデザートとイメージがぴったりだったから」

「そうでしょうか……」

正直、私にはピンとこなかった。すると、小野田さんは私の目を見たままにこりと笑った。

「そうだよ。でも……」

「でも？」

急に小野田さんは真顔になり、何かを言いかけた。けれど少し待っても、その先を口にしなかった。

私は遠慮がちに上目遣いで見て、先をうながす。

でも結局、小野田さんは「いや、なんでもない」と言っただけだった。それ以上、私も追及はしなかった。

今日、初めて二人きりになった時間で垣間見た小野田さんのプライベートな側面は、ひとことで言えば、〝ミステリアス〟だった。抽象的なことを言ったかと思えば、どこか意味ありげに黙り込む。私は何かが引っかかったまま、話を中断されたような気分だった。

「ご馳走さまでした」

最後に私が手を合わせると、小野田さんは満足げな笑顔を見せた。

「どういたしまして。さ、片づけよう。送っていくよ」

小野田さんは食器を手に厨房へ向かった。

「小野田さん、私、大丈夫ですから」

そう言いながら、片づけを手伝いに、私も厨房に向かった。彼が振り向き、私が声をかけようとしたところで、スマホの振動音がそれを遮った。

私は振動音のする先に目をやった。誰かに大声で呼ばれているような気がするのは、電話の相手が予想できるからかもしれない。慌ててバッグに駆け寄る。

スマホを取り出して相手を確認すると、私は小野田さんに素早く断りを入れて電話に出た。

「お疲れさまです」

「マジで疲れた」

聞き慣れた低い声。そういえば、碧斗はいつから声変わりをしたのだろう。そんなどうでもいいことが頭を掠《かす》める。スマホから聞こえる碧斗の声は単にアルコールでざらついているだけでなく、疲れが滲んでいるのが感じ取れた。

「お疲れさまでした。お食事は終わったんですね」

おそらく駅のホームからかけているのだろう。アナウンスの声や人のざわめきが電話越しに聞こえてくる。碧斗が東京での食事会を無事に終えたことを小野田さんにもわかるように、私はスマホを耳に当てたまま彼のほうを向いた。意図が伝わったようで彼は小さくうなずいた。

「いかがでしたか?」

「こっちのことより、お前はどうだったんだよ」

何かおかしい。仕事を終えた後のこのタイミングなら不機嫌になる要素はないはずなのに、碧斗の声は先ほどよりも少し低くなった。

「はい。私のほうも無事、試食を終えました」

少し緊張しながら答える。私の変化に気づいたのか、小野田さんが心配そうに私を見ている。

「前回いただいたデザート、さらに美味しくなってましたよ」

「美味しいってだけじゃ、何もわかんねぇだろ」

「すみません。見た目は前よりもシンプルですが、甘さが濃くなって、なんていうか、とろける甘さというか……」

「全然伝わんねぇ」

「……すみません」

するとと突然「ちょっと貸して」と、小野田さんにスマホを奪われた。そして持っていた皿をテーブルに置いたまま、厨房に入っていく。

私は慌てて小野田さんを追った。碧斗と小野田さんの間では歯に衣着せぬ言い方ができることは知っている。けれど、今の碧斗は少々機嫌が悪そうだ。

「せっかくいい気分だったのに、最後の最後で難癖つけるのやめてほしいな」

小野田さんに追いつくと、案の定、遠慮のない物言いが聞こえた。焦る私の一方で、彼は電話で話しながら厨房の火の元などを点検している、そして、その間も小野田さんは笑顔を崩さず、碧斗への口調も少しも変えなかった。

「彼女は美味しいって言ってくれたよ。問題ない。あれでいく。何？　美味しかったで十分だよ。僕はこの目で彼女の反応も見てるんだから。……ああ、わかったけど、拗ねるなよ。今度は碧斗にも食べさせてやるから」

小野田さんが、大丈夫だというように私にウィンクする。

「じゃあ、切るぞ。まだ片づけの途中だから。彼女は送っていくから心配するな。じゃあな、お疲れ」

しまった。

「あっ」と、言ったときにはもう遅かった。小野田さんは、そのまま電話を切って

「社長……大丈夫でした？」

「大丈夫って？」

「機嫌……悪くありませんでした？」

「碧斗の機嫌なんてどうでもいいよ」

小野田さんは私にスマホを返しながら、なんでもないことのように言った。社内でこんな発言ができるのは、もちろん彼しかいない。

「さ、遅くなっちゃったから、戸締りだけ済ませて帰ろうか」

そう言うと、小野田さんはさっさとフロアに戻っていく。私はその後に続いた。

「そんな……片づけ、手伝います」

「大丈夫。明日、少し早く来るだけのことだから」

「でも……」

「まだ言うか、この口は」

小野田さんはふざけて腰を曲げ、私の唇をのぞき込む仕草をした。背の高い彼の視線が一瞬だけ同じ高さになり、それは少しだけキスを連想させた。

「すみません」

私は慌てて手のひらで唇を覆うと、恥ずかしくなって顔を伏せた。

「わかればいいよ。ちょっと待ってて、これだけ洗い場に下げてくるから」

小野田さんはさっき片づけかけた皿を手に厨房に入っていった。

一人残されたフロアで、先ほどの電話の様子を思い出す。小野田さんは私だけでなく、あの碧斗のこともまるで子ども扱いだった。しかも自然体で、まったく違和感がなかった。

「精神年齢の違いか……」

私は自分を納得させるように呟いた。

「よし、オッケー。小柳さん、こっち」

小野田さんに呼ばれて、私は厨房に移動する。その間に彼はフロアの戸締りを済ませ、電気を消した。

「着替えてくるから、ここで待ってて。一人で怖くない？」

「大丈夫ですよ。見てのとおりそんなに子どもじゃありません」

彼はからかうように言うと、廊下の隅にあるロッカールームへ入った。どうやら本気で送ってくれるつもりのようだ。厚意を無にするわけにもいかず、今日のところは甘えることにした。

しばらくして小野田さんが着替えを済ませて現れた。

「ごめん、お待たせ」

「あっ、私服ですね」

見慣れない彼の私服姿に思わずどうでもいい言葉を口にしてしまった。

「コックコートで帰るわけにいかないだろ？」

「そうですよね」

「行こうか」

廊下を進むと、二人の靴音が狭い廊下に大きく響く。

「誰もいないと静かだよね」

「ホントですね」

廊下を進み、従業員用の通用口まで来ると、小野田さんがドアノブに手を掛けたまま立ち止まった。

「どうかなさいましたか？」

「ん……帰るって決めたらちょっと惜しくなっちゃって。小柳さんと二人になれる機会なんて多くないのに。いつも碧斗が一緒だろ？」

「それは……」

私は碧斗の秘書だから仕方ない。小野田さんはフッと息を漏らすと、自嘲するような笑みを浮かべた。

「小柳さんは、碧斗がいないと物足りないって感じだね」

「そんなことまったくないですよ。まったくないです」

「ホント？」

「はい」

「そっか……」

うつむいた小野田さんと、見上げた私の視線がぶつかる。

「このままだと僕、ずるいヤツになりそうだ」

私はその瞬間、長いこと味わっていなかった不思議な感覚に見舞われた。小野田さんの瞳は店内で見たときと違う色を放っているように感じた。

彼はそれを隠すように顔をそらし、何かを振り切るようにドアを開けた。駐車場には、スカイブルーのミニが一台ぽつんと停まっていた。

碧斗以外の男性に車に乗せてもらうのは久しぶりのことだ。碧斗の車に比べると、車内はずいぶんと狭かった。

「少し窮屈に感じるかもしれないけど、ごめんね」

「いえ、そんなことないです」

「いつもは一人だから気にならなかったけど、二人で乗るには少し狭いよね」

「土日も仕事でお忙しいから、なかなかデートも難しいですか？」

小野田さんが恐縮しているので、さり気なく話題を変えようとして笑顔を向けると、彼も笑顔を浮かべた。

「難しいのは本当だけど、忙しいからじゃなくて、単に相手がいないから」

「そんなことないんじゃありません？　小野田さんなら相手には困らなそうですけど」

私は冗談めかして言ったつもりだが、小野田さんが少し不機嫌になるのがわかった。

「僕が誰とでもデートすると思ってるの？」

先ほどより声がいくぶん低い。予想外の反応に私は少し戸惑った。

「すみません。そういうわけじゃないですけど、小野田さんとデートしたいって思ってる女性は多いと思いますよ」

「ふーん。……その女性たちの中に君は入ってるの？」

「えっ？」

「彼氏がいるんじゃ、そんな気も起きないか」

私が答えるより先に、小野田さんが独り言のように言った。車内に微妙な空気が流れる。

「もうちょっと僕に勇気があったら、彼から君のことを奪っちゃうんだけどな」

その言葉に私は無意識に首を動かし、彼の横顔を見つめた。聞き間違いか、そうでなければ冗談だろう。そう思いながらも、鼓動は勝手に速度を増していた。

私は鼻から大きく息を吸い込み、なるべく冷静に努める。どのように返事をするべきか迷っていると、小野田さんが先に口を開いた。

「碧斗はいつもこんな距離で君といるんだ?」

「あ、はい。社長の車はもう少し席が離れてますけど」

「そっか。それはよかった」

その後に続いた笑い声とともに、張り詰めた空気がやっと緩んでいくのがわかった。

自宅近くまで送ってくれるという小野田さんの申し出を丁重に断り、来たときと同じ星ヶ丘駅で降ろしてもらった。そこから電車に乗って真っすぐ帰宅したのに、長湯をしたせいもあって、ベッドに入ったのは零時過ぎだった。

今日の小野田さんはいつもよりもよくしゃべり、どこか大人びていた。そして、時折見せた彼の思わせぶりな態度に、不覚にもときめいてしまったことも事実だった。付き合っている彼氏がいるというのに、久しぶりに自分が女扱いされたような気がして浮かれてしまった。

私はベッドに横になり、大の字になったまま大きなため息をついた。目を閉じて智のことを考える。

あれから丸一日経つが、智からの連絡はない。あの後、どうしたのだろう……。そう思いながらも、容易に想像はつく。あのときの私の言葉が彼に届いたとは思えない。

私は連絡を取るのをためらった。今日は夢見心地のまま眠りたかった。今、こうして考え事をしている間も、小野田さんの笑顔が浮かんでくる。彼の微笑みや気遣いは、私の擦り切れそうな心を包み込むような優しさで溢れていた。

小野田さんのような人が彼氏だったら……。

「やめとこ……」

現実逃避もいいとこだ。疲れがたまっているのかもしれない。

私は寝ころんだまま大きく伸びをすると、肌布団を引き上げ、身体を小さく丸めて眠りについた。


翌朝、いつもどおり出社した私は、偶然エレベーターホールで、受付嬢の千穂美ちゃんと顔を合わせた。

「おはよう」

「おはようございます」

彼女が上目遣いで私を見上げる。可愛いうえに小柄なので、彼女を見たら女の私でも抱きしめたくなる。

「そんな目で見つめられると、抱きしめたくなるじゃない」

私が笑顔で言うと、彼女も笑い返した。

「それはこっちのセリフですよ。今日の芹香さん、抱きしめたくなります」

「え？　千穂美ちゃんが私を？」彼女の言葉に私は噴き出した。「あり得ないでしょ。無理して言わなくていいんだから」

「無理なんてしてませんよ。ホントに今日は特別。芹香さん、何かいいことあったでしょ？」

「え？　いいこと？　ないない。なんにも。どうして？」

「女の勘です」

「残念。ホントに何も」

「なーんだ、ハズレでしたか」

彼女はどこか腑に落ちないようだった。

「ハズレ。あ、でも……」

私は話すかためらったが、興味津々の彼女の瞳に煽られるように周りを確認した。けれど、私が口を開くより先に、エレベーターが到着してしまった。話を切り上げ、エレベーターに乗り込もうとすると、彼女が私の腕を引っ張った。

驚く私をよそに、彼女はエレベーターに乗ったほかの社員に、「どうぞお先に」とあのとびきりの笑顔を向けた。中の社員は彼女の笑顔に見とれつつ、惜しみながら扉を閉めた。

私は彼女の顔をのぞき込む。

「千穂美ちゃん？」

　エレベーターの扉が完全に閉まって上昇を始めると、私は彼女の顔をのぞき込む。

「歩いて行きましょうよ。お話の続き、お聞きしたいです」

「歩いて⁉　無理、無理！　私、七階だよ。今日一日ぶんの体力全部使っても無理‼」

「そんなことありませんよ。ほら、たまには階段も使わないと」

「もう自分が若いからって」

　私は背中を押す彼女を振り返って軽く睨む。

「年齢なんてたいして変わりませんよ」若い子はたいていそう言うのだ。「じゃあ、私、三階の更衣室までですから、そこまで歩きましょう」

　彼女はなおも明るい顔で、私の背中を押して階段へ誘導した。

「で、お話の続きは？　いいこと、あったんですよね？」

　背中にいた彼女が私の前に回り込んで、目を輝かせて尋ねる。

「あ、うん。うんとね……」

　私は階段に到着すると、近くに人がいないか確かめてから足を踏み出し、話し始めた。

「たぶん、千穂美ちゃんが想像してるようなことじゃないの。昨日、副社長に招かれて、名古屋店でデザートの試食させてもらった、ただそれだけの話」

「副社長って……シェフもされてるんでしたっけ？」

彼女はうちの社員ではないので、小野田さんとはあまり面識がない。

「そう。名古屋店のシェフで、ほかの店舗も合わせた総料理長」

「えっ⁉　まさか雑誌に載ったことがあるあの方ですか？　あのイケメンシェフで有名な」

「そうだね。何度か載ってる」

「やっぱり！　友達が言ってましたよ。雑誌より実物のほうがカッコよかったって。社長もご一緒だったんですか？」

「ううん。ほら、昨日は東京に行ってたから」

「そうでしたよね。それにしてもいいなあ……」

彼女の口角の両端がめいっぱい上がる。

「うん。小野田シェフの新作デザートを試食させてもらえるなんて、すごいことだもん」

「で、それだけじゃないんですよね？」

「〝それだけ〟って？」

「とぼけないでくださいよ。その先があるんじゃないですか？」

「ない、ない。それだけ」

「ホントですか？」

「うん、ホントに。あ、違うからね。千穂美ちゃん、こう見えても私、ちゃんと彼氏持ちだから」

「え⁉　芹香さん、彼氏いるんですか？」

彼女が足を止めた。別に彼氏の存在を隠しているわけではないが、静かな階段に声が響いてあたふたしてしまう。首を上下に動かして、人影を確認するが、幸い階段を使う社員はほとんどいないので、誰かに聞かれた心配はなさそうだった。

「そんなに驚かれるとは……。少しショックだな。私に彼氏がいたらおかしい？」

「ごめんなさい！　そういう意味じゃないんです」

彼女は首を大きく横に何度も振った。そして、足を止めたまま続けた。

「芹香さん、会社帰りにデートって雰囲気もあまり感じたこともないし、いつもお忙しそうだから、勝手にそう思い込んでいただけです」

「まあ、それはそうだよね。実際、デートらしいデートなんてしてないから」

「すみません。だから、今日の芹香さんを見たら、なんだかいつもと雰囲気が違ったので、もしかしてと思って……」

その彼女の言葉に、私はある事に気づいてハッとする。

「……今日って、私、メイクも普通だよね？」

私は今朝の自分のメイクを思い出しながら彼女に尋ねた。特別何も変えていない。

ルージュだって、いつもの地味目のベージュピンクに戻していた。

「はい、メイクはいつもどおりだと思うんですけど、なんかそういうのじゃなくて、漂う雰囲気が違うっていうか……」

「そうなんだ……」

私は彼女の言葉に思わず考え込んでしまった。

彼氏がいようがいまいが、恋をしている女性には独特のオーラがあることはわかっている。もっと言えば、私生活が充実している女性は隠そうと思っても、そのオーラが表に滲み出てしまうものなのだ。

「普段、私にはそれがないってことか……」

私はぽつりと呟いた。彼氏がいるのに、私にはそのオーラがない。関係がマンネリ化していることを差し引いても、彼氏がいることを驚かれるほど、私は普段、何も発していないということだ。私にもともとそんなオーラがあったのかどうかもあやしいところだ。

「千穂美ちゃんは彼氏いるよね？」

「えっ、私ですか？　いませんよ。彼氏、いませんから！」

自分に質問が及ぶとは思っていなかったのか、彼女は驚いて、声を上ずらせながら答えた。

「それこそ、そんなに可愛いのにどうして？　別れたばかりとか？」

私は自分のことを棚に上げて彼女を質問攻めにした。

「どうしてって……。そう言われると……」

彼女は自問しているのか、首を捻りながら再び階段を上り始める。

「待って。私にそのペースはキツイから」

今度は私が彼女の腕を掴む。その瞬間、女の勘が働き始める。

「彼氏はいないけど……好きな人はいるんだ？」

私がわざとらしい笑顔をつくると、彼女は顔を真っ赤にして振り向いた。

「芹香さん、ずるいです！　質問してたのは私ですよ」

「怒った顔も可愛い」

「からかわないでください！」

彼女はあどけないふくれっ面を見せ、パンプスの靴音を響かせて階段を上がっていった。

「待って。二階からはエレベーターでお願い！　ね？　お願い待って」

少し息が上がってきた私は、手すりに掴まりながら身体を引き上げ、彼女の軽快な靴音を追いかけた。

三階で彼女と別れ、オフィスに着くと、碧斗が先に出社していた。手でも洗いにいっていたのか、給湯スペースから出てくるところだった。

「おはようございます。今日はお早いんですね。今、コーヒー淹れます」

碧斗と入れ違いに給湯スペースに入ろうとすると、足がもつれてつまずいてしまった。小さな悲鳴を上げながら、なんとか踏ん張ろうとすると、碧斗の腕が私を支えた。私は彼にしがみつきながら体勢を整えた。

「すみません」

「ここ、つまずくようなところ何もねぇけど。こんな所で転びそうになるなんて、あり得ねぇだろ」

「……すみません。今日、途中まで階段で上がってきまして……」

私は彼の腕から離れながら途中で言い訳をやめた。次に何を言われるか想像がついたからだ。

「ババアか」

「違いますけど……」

分の悪い私はそう小声で返すと、給湯スペースに入った。

「やっぱり、ほうじ茶にしましょうか？」

私は給湯スペースから顔を出して、社長室に戻りかけた碧斗に尋ねる。碧斗はほうじ茶を淹れようとしていたのか、急須が出しっぱなしになっていたからだ。

「なんでもいい」

素っ気なく答えた碧斗に、「わかりました」と返事をした。

結局、私はほうじ茶を淹れた。湯気の立つ湯呑みをデスクに置くと、碧斗は一瞬目をやった後、視線を私に移してじっと見つめる。

「コーヒーのほうが、よろしかったですか？」

私が尋ねると、碧斗はそれを否定するように、湯呑みに手を伸ばした。

「夕べは有意義なお食事会になりましたか？」

「……お前のほうは、有意義だったみたいだな？」

やっと口を開いたかと思うと、碧斗は湯呑みを持ったまま椅子を窓のほうに回転させ、私に背を向けた。

「すみません。私だけ行かせていただいて。小野田さんには夕食まで作っていただいて、最後にデザートを試食しました。ああいうの〝まかない〟って言うんですかね。小野田さん、あっという間に作ってくださって、しかも、すごく美味しかったんですよ。お店は貸し切り状態でしたし、とても贅沢な時間を味わわせていただきました」

思い出している間にも、昨夜の興奮がよみがえる。同時に小野田さんの笑顔がまぶたに浮かぶ。

「へえ、そりゃ有意義だ」

　碧斗の背中越しにお茶をすする音がした。

「はい、とっても。社長はいかがでしたか？」

　すると、碧斗は椅子を回転させて私に身体を向けた。けれど、私の問いには返事をせず、軽く睨んだだけだった。

「あのおっさん、また社員同士の結婚で仲人を依頼されたらしい」

「おっさんなんて言っていいんですか？」

「いいんだよ。あっちだって俺のことは、碧斗呼ばわりだしな」

「ずいぶん親しくなったんですね」

「親しくねぇよ。あっちが勝手に呼ぶから、こっちは嫌味を込めて呼んでるだけだ。もちろん、本人の前では呼んでないけどな」

　碧斗がやけに冷めた返事をするので、私は話題を戻した。

「常盤社長が仲人するお式って、もしかしてまた名古屋店ですか？」

「らしいぜ」

　碧斗は他人事のように言った。

「そうですか。常盤社長にはお世話になりっぱなしですね」

「はあ？　そんなことねぇだろ」

なぜか碧斗がやけに食ってかかってくる。

「でも、実際、お世話になってるじゃないですか?」

「こんなことで俺に恩を売ってるつもりならいい迷惑だ」

「そんな言い方、何かあったんですか?」

今日の碧斗の言葉には、いつもと違うトゲがある。碧斗がクライアントをこんなふうに言うのは、初めてと言っていいくらいのことだった。

「なんにもねぇよ」

「何もないならそんな言い方しなくてもいいんじゃありませんか?」

碧斗は口を閉ざしたまま私を睨む。

こういうときの碧斗は心の中で「黙れ」と言っている。

「申し訳ありません」

私が頭を下げると、碧斗は再び椅子を回転させて私に背を向けた。常盤社長と碧斗の間に何があったのか気になったものの、私はそれ以上追及しなかった。

「では社長、今日の予定を確認させていただきます」

私は気持ちを切り替えるべく、姿勢を正して手帳を広げた。

第二章　アイスワインの憂鬱《ゆううつ》

智から連絡がなくなってから一週間が経とうとしていた。
けれど、そんな毎日を平穏に感じている自分がいた。智に気を遣うこともなく、好きなものを食べ、手抜きだって許される。寂しさを感じつつも、肩の荷が下りたようなホッとした気持ちでいた。

昨日の夕飯も冷蔵庫のあまりもので済ませたため、今日は少し奮発するつもりだった。冷蔵庫に飲みかけの白ワインがある。だから、帰りにスーパーで、生ハムとアボカド、そしてチーズを買い、一人での優雅な食事を楽しみにしながら家路についた。

ところが、アパートの手前で足を止めた。誰もいないはずの自分の部屋に、煌々《こうこう》と明かりが灯っていたからだ。

私が電気を消し忘れたまま出かけた可能性が疑わしいが、もともと今朝は電気をつけていない。私の部屋は東向きのため、この時期の朝は太陽の日差しで十分に明るいからだ。次に考えられるのは……空き巣。私は思わず身震いした。しかし、私の住んでいるアパートは単身者向きなので、空き巣が狙うとしたらもっと別のマンションを狙うだろう。実際、金目のものなど思いつかない。一番可能性があるのは智だが、合鍵を渡していないので、中に入れるわけがなかった。

私は緊張に包まれたまま、アパートの階段を音を立てないように上る。ドアの前で耳をそばだててみるものの、音らしい音は聞こえてこない。

聞こえてくるのは私の飛び出しそうに大きく打つ鼓動の音だけ。家に入る前に誰かに助けを求めようかと周りを見ても人の気配はなく、人を呼んだところで何事もなければ今度は私のばつが悪い。どうしようかと散々悩み、結局スマホを握りしめてドアノブに手を掛けた。緊張と恐怖が押し寄せる中、私はゆっくりとドアノブを回した。ドアに鍵はかかっていなかった。唾を飲み込み、いつでも助けが呼べるように心の準備をしながらスマホを持った左手を胸に押し当ててドアを開けた。

けれど、そんな準備は徒労に終わった。玄関にかかとのつぶれた、見慣れたスニーカーが転がっていたからだ。私は大きくため息をつくと、後ろ手にドアを閉め、自分のパンプスを脱いだ。そして、スニーカーから離れた位置に揃えて置き、今にも爆発しそうな感情を押し殺して部屋に入った。

「あ、お帰り、芹香」

懐かしいはずの声は、耳障りなだけだった。

「どうしたんだよ、怖い顔して」

彼ののんきそうな態度が、私の気持ちを逆撫でする。

「どうやって入ったの？」

頬の筋肉が引きつっていた。私が鍵をかけ忘れたことは今まで一度もない。そうした慎重さが碧斗から秘書に誘われた理由の一つだ。まさか、大家に適当なことを言って、鍵を開けさせたのだろうか。

「どうやってって、俺と芹香の仲じゃん」

「仲とかそういう問題じゃないでしょ。答えてよ！　まさか、勝手に合鍵を作ってたの？」

「仮にそうでも、別にいいだろ。芹香、細かいことは気にしない主義じゃん」

「何言ってるの？　私、そんな主義じゃないし、全然細かいことじゃないから。これって犯罪だよ」

「犯罪だなんて大袈裟だな」

「大袈裟なんかじゃない。私のこと、なんだと思ってるの？　私たちの関係ってなんなの？」

完全に、頭に血がのぼっていた。

「どうしたんだよ。芹香らしくないな」

「お願い、答えてよ」

智は面倒くさそうにため息をついた。その素振りからまともな答えが返ってこないことは明白だった。それでも聞かずにはいられなかった。

「〝私たちの関係〟って……そりゃ、ギブ&テイクの関係だろ」

私は言葉を失った。頭の中が真っ白になって思考が停止する。智はそんな私の様子を知ってか知らずか、流暢にしゃべりだした。

「俺はさ、芹香によくしてもらったと思うけど、芹香だっていい思いしてきただろ？」

その言葉はさらに私を混乱させた。目の前の男と自分が付き合っているという事実を忘れそうになる。

「寂しさ、ってやつ、埋めてやったでしょ？　一緒に飯も食べて、セックスもして、芹香だって楽しかったでしょ？」

聞いているだけで気分が悪くなりそうだった。

「でもさ、この間、芹香、もう生活が苦しいとか言ってたじゃん。だから、そろそろ潮時かなーと思って。芹香もそろそろ婚活とか真剣に始めないとヤバイ年齢じゃん。だから感謝しろよな。きれいさっぱり別れて、手遅れにならないようにチャンスをあげるんだから。まあ俺もさ、正直言って、年上とかあり得ないんだよね。やっぱ、若い子のほうがいいし」

もう、目の前にいるのが誰かわからなかった。立っているのがつらくなり、私はその場に座り込んだ。

「おい、大丈夫かよ？」

うわべだけの薄っぺらい言葉が空気のように私の耳を掠める。智は私の反応など意に介することなく、再び自分の話に酔い始めた。

「今日は二人の門出を祝う日だから、明るく乾杯でもしようと思ってさ。で、これ見つけたんだけど、高そうなワインじゃん。俺の就職が決まったときにでも、二人で飲むつもりだったんだろ？」

もはや何を言っているのか、理解できなかった。そんな中、私が反応したのは聴覚でなく視覚だった。智がにやけた顔で脇から取り出したワインボトルは、冷蔵庫にあった私の飲みかけの白ワインではなかった。

「ちょっと、それ……」

私の声は智の耳には届かず、彼はワインの蓋《ふた》にソムリエナイフを入れようとしていた。

「ナイフを使うワインなんて、久しぶりだな」

「ちょっと！　智！」私はワインボトルを奪おうとして、両手で瓶を掴んだ。「返してよ!!」

智の手にあるのは、碧斗が私と飲もうと言ってくれたアイスワインだった。

私は智の手からもぎ取るようにワインボトルを強く引き寄せた。その拍子に彼の手から、ボトルが離れ、私はボトルを手に持ったまま勢いよく壁にぶつかった。私の手から離れたボトルは割れはしなかったものの、鈍い音を立てて床に転がった。

「何すんだよ！」

智が今まで見たことのないような怒気を帯びた目で私を睨む。〝それはこっちのセリフでしょ！〟と喉元まで出かかったが、いまさら何を言っても無駄と悟り、床に転がっているワインを拾って、抱きしめるように腕の中に隠した。これは碧斗と飲むワインであって、智が触れていいようなものではない。

結局、すべて碧斗の言ったとおりだった。智はお金を貸さないと告げたあの瞬間から変わった。たった一言で、いとも簡単に本性を現したのだ。

いや違う。本性はとっくの昔から現れていたのだ。それを私自身が見ないように目をそむけてきただけだ。これまで何度も疑いながら、そのたびに自ら否定してきた。そして、そのことに碧斗はずっと前から気づいていたのだ。

三十歳を前にして別れるのが怖かったから？　智を支える献身的な彼女を演じていたかったから？　それとも寂しかったから？

そうした気持ちがゼロだったとは思わない。でも、私はたしかに智を好きだった。ダメなところもあって、頼りないけれど、それでもやっぱり好きだった。だって、ダメなところも、頼りないところも、私だって同じだからだ。

それなのに、彼にとっての私はただのギブ&テイクの相手。テイクがなければ、不要な相手だということだ。もはや文句を言う気にもなれなかった。

「……帰って」

それだけ言うのがやっとだった。今日、智がここへやって来たのは、おそらくこれまで何度も繰り返してきたように、新しく始めた仕事も上手くいかなくて、行き場を失ったからだろう。〝きれいさっぱり別れる〟というのも、本気で言っているとは思えない。私の気を引くための捨て身の戦略に違いない。

もう、智には振り回されない。ケリをつけるときが来たのだ。

「さよなら」

私がそう言うと、智は意外そうな表情を一瞬見せると、ゆっくりと立ち上がり、「後悔するなよ」と捨てゼリフを残して玄関へ向かった。

その姿を横目に、貸したお金や勝手に作られた合鍵を返してもらわなければと思う。でも、身体は思うように動かなかった。

でも、もういい。何もいらない。ただ、一刻も早くこの男から離れたかった。

ドアの閉まる音が聞こえてから、どれくらい時間が過ぎたのだろう。あれからずっと私はワインボトルを抱えたまま、床に座り込んでいた。そんな私を現実に引き戻したのは、スマホの振動音だった。途切れないことから、電話の着信だとわかる。碧斗からの電話であれば、出ないわけにはいかない。

私は床を這うようにしてバッグに手を伸ばすと、スマホを取り出した。その直後、電話は切れてしまった。ただ、表示された名前から相手は確認できた。今は誰とも話したくなかったが、上司を無視することはできない。

私は画面をタッチして、力の入らない腕でスマホを耳に運んだ。

「小柳です。すぐ電話に出られなくて、すみません」

「ああ、小柳さん。ごめん、電話して大丈夫だった？」

「はい、大丈夫です」

相手は小野田さんだった。私の返事の後、わずかに間があった。

「……あんまり、大丈夫そうじゃないけど？」

「え？」

「何かあった？」

その包み込むような穏やかな声に、私は〝嘘〟を言えなくなってしまった。なんでもないと返事をするつもりなのに言葉が出ない。

「小柳さん？　どうした？」

小野田さんが上司で、副社長であることを忘れてしまいそうだった。目頭が急激に熱くなり、鼻の奥にツンとした痛みを感じたと同時に涙がこぼれ落ちた。

「すみません。なんでもありません」

慌てて涙をぬぐったが、声の震えはどうすることもできない。私は心を落ち着かせようと、固く目を閉じた。

少しの沈黙の後、小野田さんが優しい口調で問いかけた。

「おせっかいだってわかってるけど、今からそっちに行ってもいいかな？」

「そっちって……副社長、すみません。本当になんでもないんです」

私は声が震えないように注意しながら答えた。すると、小野田さんは少しの迷いもなく言った。

「なんでもなくても構わない。僕が勝手に心配してるだけだから。君のそばに行かせてほしい」

「副社長……」

「住所を教えてくれないか？　それとファミレスとかコンビニとか、何か目印になりそうなものを」

私には冷静に考える力が残されていなかった。再び目頭が熱くなるのを感じながら、言われるがままに自宅の住所を告げた。

通話を終えると、私はソファに這い上がる気力も体力もなく、そのまま床に身体を横たえた。今の私にはっきりと認識できる唯一のことは、智との関係が終わったことだけだった。

智と付き合う中で、楽しいこともたくさんあった。なのに、そんな思い出すら、最後の最後で智が台無しにしてしまった。私に残されたものは虚無感だけだった。

付き合っていると思っていたのに、年下の男にただいいように利用されていた。単に私は智にとって、都合のいい女だったのだ。

そう思うとやるせなくなり、何もする気になれなかった。何も見たくないし、何も考えたくない。私は天井を見上げていた目を閉じた。


どれくらい眠っていたのだろう。身体を揺さぶられ、私の名前を誰かが呼ぶ声で目を覚ました。今が朝なのか夜なのかもわからない。重いまぶたを開いた私は驚いて悲鳴を上げそうになった。

「気がついた？　大丈夫？」

目の前には小野田さんの顔があった。小野田さんは私を抱きかかえ、真剣な表情で私の顔をのぞき込んでいた。ぼんやりとしていた意識は一瞬で正気を取り戻した。

「ふ、副社長！？」

上ずる声でそう言いながら、住所を教えたことをようやく思い出す。

「大丈夫なの？　怪我は？　どこか痛む？　気分は？」

小野田さんはまだ驚きのさめやらぬ私に早口で尋ねながら、怪我をしてないかどうか、頭や背中も注意深く観察した。

「……はい。大丈夫です。なんともありません」

やっと身体に力が入るようになり、小野田さんの片腕に捕まりながら身体を起こし、そのまま支えられるようにして、ソファに座った。一方、彼は「よかった……」と、崩れるように床に腰を下ろした。

「心配したよ。電話の様子は普通じゃなかったし、ここに来る途中で電話をかけたら繋がらないし」

「そうだったんですか……すみません」

返事をしながら握っていたはずのスマホを探すと、小野田さんが床から拾って手渡してくれた。着信履歴には彼の名前が並んでいた。

「こんなに……本当にごめんなさい」

「いや、いいんだ。とにかく無事でよかったよ。インターホンを押しても返事がないかなどうしようかと思って。念のため、ドアノブに手を掛けてみたら鍵が開いているから、今度は強盗でも押し入ったんじゃないかと思って心配になって。だから、悪いとは思ったんだけど、玄関から中をのぞかせてもらった。そうしたら床に倒れているのが見えたから、もう心臓が止まるかと思ったよ」

　私が苦笑いすると、小野田さんは一瞬険しい顔を浮かべた。

「笑いごとじゃないよ。もう少しで救急車を呼ぶところだったよ」

「そうですよね。ご心配をおかけして申し訳ありません。でも、救急車を呼ぶ前に目が覚めてよかったです。救急隊員の方にまでご迷惑をおかけするところでした」

　そう言って、もう一度苦笑いを浮かべると、今度は小野田さんも笑顔を向けてくれた。

「あ、副社長、ソファに座ってください」

　私は小野田さんを床に座らせたままでいることに気づき、慌ててソファから床に下りて席を開けた。すると、小野田さんは自分の真横に来た私を見つめ、そっと私の頬に右手を伸ばした。

「涙の痕……」

　そう呟くと、伸ばした手で私の左の頬を包み込み、私には見ることのできない涙の痕を親指でなぞった。

「無理しなくていいのに」小野田さんが私に微笑みかける。

「無理なんて……」

首を横に振りながらうつむくと、再び目頭が熱くなる。

「君の涙を見たいわけじゃないけど、僕の前では我慢しないでほしい」

その言葉に顔を上げると、彼が真っすぐに私を見つめていた。思えば、智とこんなふうに見つめ合ったことなど一度もなかった。こんなふうに私を想ってくれたことなど、皆無だったのだろう。

視界がぼやけ、涙が頬を伝う。私は慌てて涙をぬぐった。

「副社長にこんな姿をお見せするなんて……」

次の瞬間、小野田さんが自分の胸に私を引き寄せた。

「見せていいって言ったでしょ？　僕は今、副社長として接してないから」

強く抱きしめられ、彼の体温に包まれると、私の中で抑えていたさまざまな感情が膨れ上がり、涙となって溢れ出した。

「汚れちゃいますよ……」

「大丈夫だから」

小野田さんはバラバラに壊れてしまいそうな私を守るように、さらにきつく抱きしめてくれた。乱れていた呼吸は彼の腕の中で嗚咽に変わる。私は彼のシャツにしがみつき、涙が枯れるまで泣き続けた――。

そのまま泣き疲れて眠ってしまったのだろう。気づいたときには、ソファに座ったまま小野田さんの胸に頭を預けていた。彼はそんな私の背中に左腕を回したまま、ソファにもたれるように寝ていた。

泣きすぎたせいでまぶたの周辺が痛い。彼の腕をそっとほどき、スマホで時刻を確かめると、夜中の二時になるところだった。

改めて申し訳なく思う。小野田さんは一日中立ち仕事をした後で、疲れ切っていたところを駆けつけてくれた。その何よりの証拠が今の姿だろう。

「どうして私なんかのために……」

意図せずに独り言がこぼれる。社長の幼馴染だからというだけでここまでしてくれるとは思えないし、上司と部下の関係にあるといっても、勤めている場所も異なるため、これまで話をする機会もそう多くなかった。よほど、電話での私の様子が変だったのだろう。

そのまましばらく小野田さんの寝顔を見つめた後、私は音を立てないように立ち上がった。そして、予備のタオルケットを取り出し、小野田さんにそっと掛けた。すると、その拍子に目を覚ましてしまった。

「起こしちゃってすみません」

小野田さんは目をしばたたかせながら寝ぼけ眼を私に向けた。

「いや、こっちこそごめん。気を遣わせちゃって」

「そんな、副社長が謝らないでください。謝らなければならないのは私です。また寝ちゃったんですね……私」

「うん。あのままね」

「ごめんなさい。よく寝る女でちょっと恥ずかしいです」

暗い話にしたくなくて、私はわざと冗談めかして言った。

「いや、嬉しかった。あのときだけでも僕に気を許してくれたんだと思うとね」

「ホント、すみません、副社長にこんなこと……」

「この前の約束、また忘れてるよ。会社の外で、今度〝副社長〟って呼んだら返事をしないからね」

きっと、小野田さんも暗い雰囲気にしたくないのだろう。少し眠たそうな顔に笑顔をつくって、私に向けてくれた。

「さて、そろそろ帰るね。こんなに遅くまで、ごめん」

そう言って、小野田さんは立ち上がった。けれど、その足元はふらついていて、少しよろめいてソファに手をついた。

「大丈夫ですか？」

小野田さんは「大丈夫」と返事をしたものの、無理な体勢で私を支えていたせいで、身体を休めるどころか余計に疲れさせてしまったかもしれない。今から運転して帰るのかと思うと心配だった。

「副……小野田さん、運転大丈夫ですか？　あの……もし小野田さんが構わなかったら、向こうに布団を……」

心臓が早鐘を打つ。自分の鼓動の速さに目が冴えてくる。

それを見透かされたわけではないだろうが、小野田さんは小さく笑った。

「無理しなくていいよ。彼と……いや、もう元カレって言うべきだよね。元カレといろいろあったんだからゆっくり休んだほうがいいよ。ちょっと惜しい気もするけど、今日は遠慮しておくよ」

私を見つめる目からは、優しさというより、強い意志のようなものが感じられた。

少しの沈黙の後、小野田さんは大きく伸びをすると、「じゃあ」と言って玄関に向かった。そして、玄関で靴を履き終えると私を振り返った。

「さっき……ソファで言ってたよね？　〝どうして私なんかのために〟って」

「あ、あれ……聞かれてたんですか？」

彼は返事の代わりに微笑んで見せる。

「それがわからないってことは……小柳さん、かなり鈍いね」

「鈍いって……」

「そんなの、理由は一つに決まってるでしょ」

そう言うと、小野田さんは再び微笑んだ。私は、彼からの好意とも取れる告白を受け、動揺のあまり言葉が出なかった。

「遅くまでごめん。ちゃんと戸締りしてね」

「……はい、わかりました」

私が返事をすると、彼はドアノブを回した。

「あの……」

さっきの告白に対して、ひとことでも気の利いた言葉を返しておきたくて、私は彼の背中を呼び止めた。けれど、気持ちとは裏腹に何も言葉にできない。

「ん?」

振り返った小野田さんが〝どうした?〟とでもいうように、私の瞳をのぞき込む。そして、今が真夜中であることも、疲れも、虚しさも、すべて忘れさせてくれるような、優しさに満ち溢れた笑顔を見せた。

私はそれを見た瞬間、彼にかける言葉を決めた。

「今日は来てくださって……ありがとうございました」

「君のためならいつでも飛んでくるよ。おやすみ。僕は眠れないかもしれないけど」

「明日は早いんですか?」

「そうじゃなくて、気分だよ。目が冴えて眠れないよ」

小野田さんは最後にもう一度笑顔を見せると、「おやすみ」と言って出ていった。

私はドアの鍵を閉めた。そのとき、智が合鍵を持ったままであることを思い出し、普段はしないチェーンを掛けて、着替えを済ますとベッドに入った。

横になってもすぐに寝つくことはできなかった。私はいったんベッドを出ると、冷やしタオルを用意し、まぶたを覆って再び眠気が訪れるのを待った。ようやく眠りに落ちたのは、空が白《しら》み始めた頃だった。


眠りが浅かったせいか、スマホのアラームが鳴る前に私は目覚めた。しばらく、夕べの出来事が夢なのか現実なのか、区別がつかなかった。ダイニングテーブルの上のワインボトルを見て、ようやく現実だと認識した。

智とのことは、遅かれ早かれいつかは訪れた結果だろう。ただ、未来だけでなく、今まで二人で過ごしてきた時間さえも否定されたことがつらかった。

自分のほうが一方的に智に与えてきたつもりだったのに、智はそんなふうには思っていなかった。智も私に与えてきたと言った。少なくとも、智からすれば、彼の言うとおり、ギブ&テイクの関係にすぎなかったのだろう。

本気で別れるつもりだったかどうかは別として、持ち出した理由は明快だった。

〝やっぱ、若い子のほうがいい〟――。呆れるほどわかりやすいものだ。

こんなにはっきりと言われたのは初めてのことだが、振り返れば、今までの付き合いも、この理由で別れたも同然だった。智の前に付き合っていた男も年下で、最後は私より若い女と浮気して終わった。

本当にバカなのは、智でなく私だ。一度痛い目に遭っているというのに、また年下の男に惹かれた自分が悪い。たとえ、本当の理由がそこになかったとしても、何か理由づけが欲しくなる。それが逃げ道だったとしても、今は逃げてしまおうと思った。

深いため息をつき、メイクをしようと思ってのぞき込んだ鏡の中には、まぶたを腫らした情けない女がこちらをじっと見つめていた。


会社には、普段より二十分以上早く出社した。目覚めが早かったせいもあるが、早く出社したのには、もう一つ理由があった。受付の千穂美ちゃんと顔を合わせたくなかったからだ。今日だけは朝一番であの輝かしい笑顔を見たくなかった。それに、私のこんなひどい顔も年下の彼女に見られたくなかった。

碧斗の出社まで時間がありそうなので、社長室の整理を簡単に行った。その後、給湯スペースに向かう。お湯が沸くのを待っていると、スマホが鳴った。小野田さんからだった。たちまち激しく心臓が鼓動し始める。一度深呼吸してから電話に出た。

「おはよう。まだ移動中？」

「おはようございます。いえ、もう会社です」

「早いね。あれから大丈夫だった？」

「はい、私は大丈夫ですけど、副社長のほうこそ大丈夫でしたか？」

私の問いかけに、急に彼からの返事が途絶える。

「副社長？」

電波の調子が悪いのだろうか。狭い給湯スペースの中で移動したり、身体の向きを変えたりしてみるが、返事はない。

「副社長？」

もう一度呼びかけて耳を澄ませると、彼の息遣いが微かに聞こえた。私はハッとして恐る恐る口を開いた。

「……小野田さん？」

「ん？　何？　やっと気づいた？」

彼が可笑しそうに笑う。昨夜彼が言っていたことは、冗談ではなかったようだ。

「今はプライベートですか？　私、もう会社ですけど」

「でも、こんなふうに話せるってことは、碧斗はまだでしょ？」

「はい、そうですけど……」

「じゃあ、碧斗が来るまで。で、さっきの質問だけど、僕のほうは大丈夫。変にテンションが上がったままで、寝不足なのにやる気はいつも以上にみなぎってるよ」

「怪我とかしないように気をつけてくださいね」

「うん、ありがとう」

「小野田さん、もうすぐ社長が来る頃ですので……」

そう言いながら給湯スペースの入り口を見ると、そこに碧斗の姿があった。いつもは聞こえるはずのドアを開ける音も、靴音も、今日はまったく気づかなかった。

「どうしたの？」

途中で口を閉ざした私に、小野田さんが電話口で不思議そうに尋ねる。

「あの……すみません、社長がお見えになりました」

私が碧斗に目を向けたままぎこちなく知らせると、小野田さんは「おっと、タイムリミットか。じゃあまたね」と、残念そうに電話を切った。

「おはようございます。すみません」

私は慌ててスマホをしまった。

「朝からヒモ男か？」

「違います！」

私の声に碧斗が怪訝な顔をした。思わず大きな声になってしまったからだ。碧斗は相手が小野田さんだと気づいていないらしい。

「すみません。彼からじゃありません。あ、彼っていう言い方はもう違いますけど」

碧斗がじっと私を見つめる。説明を促しているのかは定かではないが、何か話さないと、その視線から解放されそうにない。

「彼とは別れたんです」

私はそれだけ言って、碧斗の視線から逃げるように一歩遠ざかり、沸いたばかりのお湯を急須に注いだ。

「へえ……あのクズ男、ついにお前にも見放されたのか」

碧斗は腕組みしたまま、顎を突き上げて、珍しく笑った。

「とっくに私のほうが、見放されていたのかもしれません……」

「なんだそれ？」

「〝若い子のほうがいい〟って言われちゃいました」

いろいろありすぎて、まだ心が乱れているようだ。こんな格好のネタを碧斗に与えたら、返ってくるのは嫌味に決まっている。早速、碧斗の鼻で笑う声が聞こえた。

「最近のお前、老け込んでたもんなあ」

「どういう意味ですか？」

「辛気《しんき》臭い顔してたのは、あんなクズ野郎と一緒にいたからだろ」

碧斗は彼氏と別れたばかりの私を気遣うどころか、突き放すように言う。けれど、否定できないのも事実だった。

「私、そんなにひどいですか？」

碧斗の言葉に反論どころではなくなった私は、思わず彼の視線を遮るように顔の前に手をかざした。

すると、碧斗がかざした手の隙間から私の顔を強引にのぞき込んで、即座に「ひどいに決まってんだろ」と言い放った。

「嘘でしょ……」

私は両手で顔を覆った。すると、碧斗が棚から湯呑みを二つ出すと、ほうじ茶を注ぎ始めた。

私が碧斗の手元をのぞくと、お茶を注ぎ終わった碧斗が私に顔を向けた。

「ひでぇ目だな。一応、悲しいって感情はあったわけだ」

「悲しいんじゃなくて、虚しかっただけです。もう少し、優しい慰め方は知らないんですか？」

「何、お前、俺に慰めてほしいとか思ってるわけ？」

高飛車な発言に、嫌味のこもった笑顔。態度も言葉も小野田さんとは大違いだ。

「全然。そんなこと思ってません」

「で、小野田はなんの用件だ？」

「え？」

「さっきの電話、小野田だろ？」

「気づいてたんですか？」

さっきは〝ヒモ男か？〟と言っていたはずだ。

「俺のほうには着信ねぇけど、なんでお前なんだよ」

なぜ相手が小野田さんだと気づいていたのに、さっきはそう言わなかったのか首を傾げる私をよそに、碧斗は自分のスマホを取り出して画面をタップした。こういうところが掴み切れないところなのだ。何を考えているのかさっぱりわからない。

言おうか言うまいか少し迷う。しかし、ごまかして、後でバレるほうが大事になることは重々承知している。

「夕べ小野田さんが……家まで駆けつけてくれたんです」

お茶をすする碧斗の手が一瞬止まる。けれど、すぐにまたもう一口すすった。

「へえ……そういうことか。優しいねぇ、小野田さん。で、アイツが慰めてくれたってわけか」

「変な言い方しないでください。来てくれたのは偶然ですし」

「飛び込み営業じゃないんだから、人の家に来て偶然はないだろ。どれだけアイツ、暇人なんだよ」

「そういう言い方はやめて下さい。疲れてるのにわざわざ来てくださったんですから」

「お前さぁ、アイツに変な期待すんなよ」

碧斗は私の横顔を見つめ、釘を刺すように言った。

「変な期待？」

「アイツがどんだけモテるか知ってるだろ？　自分だけが特別なんて思うなよ。俺と違って、アイツは誰にでもそうなんだよ。また痛い目に遭うの、目に見えてるだろ」

「そんなこと……わかってます」私は碧斗に負けない仏頂面で言い返す。「心配しないでください。私、もう年下の男とは付き合わないって決めましたから」

「……あっそ」

碧斗は少し間を置いて素っ気なく返事をした。立ち込めていたほうじ茶の香りもいつしか消え、手の中で冷めたお茶を私は一気に飲み干した。

湯呑みを置くと、タイミングよく、秘書室から電話の音が聞こえてきた。私は「行きます」と碧斗に断りを入れ、気持ちを切り替えて給湯スペースから駆けて出た。

仕事が始まると、昨夜のダメージに引きずられている暇はなかった。彼氏と別れたからといって、日々の生活に大きな変化が起こるわけではない。まぶたが腫れて少々視界が狭く感じるだけだ。

流れる時間の速度だって変わらない。気がつくと、あっという間にお昼を迎えていた。

碧斗は普段外に食べにいくことが多いが、今日はスケジュールの都合上、午前十一時半から午後一時半という変則的な時間で、企画会議が開かれていた。

こうしたときは、私がお弁当を手配して社長室に準備をすることになっている。いつも注文する弁当屋は決まっていて、会社から程近い無添加にこだわった健康志向のお店だ。会議の終了時間に合わせて電話で予約注文し、取りに行く。碧斗はから揚げ弁当のご飯大盛、私は日替わりがお決まりとなっている。

時刻はまもなく一時。少し早いが、そろそろ取りに行ってもいい時間だろう。今日は、寝不足のせいもあって朝食をまともに食べていないため、さっきからお腹が鳴りっぱなしで待ちきれなかった。

今朝はまぶたの腫れのせいで、千穂美ちゃんと顔を合わせなかったことをエレベーターの中で思い出す。目元もだいぶ落ち着いてきたので、声をかけようと思いながらロビーに降りた。

受付カウンターのほうを見ると、残念ながら先客がいた。先客といっても、その制服から、このビルのテナントに入っている別会社の女性のようだ。何やら話し込んでいる様子なので、邪魔しないようにそのまま通り過ぎることにした。

すると、千穂美ちゃんが私に気づき、軽く会釈した。私も会釈を返すと、制服の彼女が顔を隠すようにうつむいた。私は気を遣って、その場を足早に通り過ぎた。

表に出ると、生温かい湿気に包まれた。梅雨が近づいているのだろう。空は灰色のグラデーションを描いている。私は流れる雲を目で追いながら弁当屋へと急いだ。

弁当屋に到着すると、少し到着が早かったのだろう。碧斗のから揚げ弁当がまだできていなかった。

「もうすぐ揚がるから、ごめんなさいね」

その場で少し待っていると、言われたとおり、すぐにから揚げが出来上がり、弁当を受け取った。

「お詫びに少し多めに入れといたから」

恐縮しながら支払いを済ませて店を後にした。

ビルに戻ると、受付カウンターには先ほどの制服の女性の姿はなく、千穂美ちゃんが一人でいた。お昼休みの時間は過ぎているのでロビーに人気《ひとけ》はなかった。

「さっきは邪魔してごめんね」

それだけ謝ろうと思い、ひと声かける。すると彼女は「大丈夫です」と首を横に振った。その顔にはいつもの彼女の明るさがなかった。

「千穂美ちゃん……何かあったの？　さっきの女性のこと？　困ってるなら力になるけ

ど」

「ありがとうございます」彼女は安心した表情を浮かべた。「私が困ってるわけじゃなくて、さっきの彼女が……。あっ彼女、四階の旅行会社の社員なんですけど」

彼女は千穂美ちゃんと同じ派遣社員で、年も近くて、仲がいいのだという。このビルにやって来たのは千穂美ちゃんより彼女のほうが先らしい。

「彼女……ストーカー被害に遭ってて」

「ストーカー⁉」

思わず大きな声が出てしまいロビーに響く。彼女は「シーッ」と人差し指を鼻と唇の間で立てた。

「ごめん、びっくりしてつい。ストーカーってホントなの？」

今度は声をひそめて尋ねた。

「そうなんですよ……」

彼女は自分のことのように大きなため息をついた。

「どうしてストーカーなんかに……」

「そのストーカー、彼女の元カレなんですよ」

「元カレ⁉」

再び声を上げそうになるのを、寸でのところで堪える。

「何で元カレがそんなことになっちゃったの?」

「未練……ですかね」

「未練って、そんな……」

「タチが悪いのは、その元カレと前に同棲してて、今も彼女の部屋の合鍵を持ってるってことなんですよ」

「……合鍵?」

その途端、私の顔が急に強張《こわば》る。

「どうも彼女が留守の間に勝手に部屋に入り込んでいるらしいんですよ。今のところ確証はないんですけど、家に帰ってくると、微妙に物を置いた場所なんかが移動してるって。だから鍵を換えるか、引っ越すか、早く対処しないと何かあってからじゃ取り返しがつかないって言ってたんですよ。相談されたからには、私も気が気じゃなくて……」

「そうだよね……。それは早くなんとかしたほうがいいよね」

口元が硬直してしまい、まるでロボットのような棒読みになってしまった。

「芹香さん……?」

私の様子を不自然に思ったのか、彼女が首を傾げる。

「できれば引っ越しするのが一番だよね。大変だとは思うけど……。ごめんね。悪いけど社長にお弁当持っていかなきゃならないの」

「あ、お引き留めしてごめんなさい」

「ううん、私こそ聞いておきながら力になれなくて。また今度ゆっくり聞かせて」

「ありがとうございます」

私は彼女と別れてエレベーターに駆け込み、力なく壁に寄りかかった。

「まさかね……」

表情は強張ったままだった。智から合鍵を返してもらわなかったことを、いまさらながら後悔する。

だらしのない智のことだ。きっと、そのうち鍵をどこかにやってしまうか、なんの鍵だかわからなくなってしまうだろう。でも、最後に捨てゼリフのように残していった「後悔するなよ」のひとことが不安を呼び寄せる。

大丈夫だと自分に言い聞かせながらも、私はエレベーターを降りるとスマホを取り出し、廊下の隅でアドレス帳を開いた——。

一本電話をかけ終えると、急いで社長室に戻った。

「おせぇよ」

碧斗はすでに会議を終えていた。

「すみません、すぐに準備します」

私は給湯スペースに急ぎ、お湯を沸かしながら買ってきた弁当の包みを広げる。

立てた。

碧斗は寄りかかっていた壁から背中を離すと、近づいてきて、私の眉間に人差し指を

ふいに声をかけられて横を向くと、碧斗が朝と同じ姿勢で腕組みをして立っていた。

「なんだよ、その顔?」

「そんなこえー顔してるとシワが増えるぞ」

「別に怖い顔なんかしてませんよ」

私は碧斗の指を払い、笑顔をつくろうとした。けれど、顔の筋肉が思うように動かず、上手く笑えなかった。

「何があったんだよ。何かやらかしたのか?」

「いえ、あの、仕事のことじゃないんです。仕事は大丈夫ですから」

必死に説明するが、碧斗の目は相変わらず冷めている。

「ホントに社長が心配するようなことじゃありませんから」

最後の念押しで言ったつもりだったが、碧斗は納得しなかった。

「小柳。お前がプライベートと仕事を、どこで線引きしてるか知らねぇが、そんな顔で仕事していて影響ないって言い切れるのか?」

私は持っていた茶筒を置き、握りしめていた手を身体の前で揃えた。

「今の状態で客に会って、まともな対応ができんのか? 電話に出て、ちゃんと受け答

えできるのかよ?」

碧斗の言っていることはもっともだった。

「申し訳ありません」

広がる沈黙の背後で、電気ケトルから湯気が昇る。

「何があった?」

私は観念して、すべてを話した。起きたことを正確に伝えるためには、ずいぶんと長い説明をしなければならなかった。

私が話し終えると、碧斗は呆れた表情を浮かべ、たっぷりと間を取ってから、ため息とともに言葉を吐き出した。

「お前……ホントのバカだな」

碧斗は嘘をつかない。その言葉にやっぱりバカだったのは自分だったのだと思い知る。

「鍵を取り替えようと思ったんですけど……」

その件で先ほどエレベーターを降りて、すぐに大家に電話を入れた。確認したところ、アパートの鍵を取り替えることは可能だが、すべて自費で行わなければならない。数万円の費用が発生するとはいえ、この状況において、そこはそれほど問題ではない。

けれども、大家から理由を尋ねられて、正直に答えると、明らかに声色が変わった。

大家は私に鍵を取り換えるよりも、引っ越しを勧めてきた。面倒なことになるのはご免だと言わんばかりのあからさまな態度だった。

「そりゃそうだろ。俺が大家ならお前みたいなヤツ、とっとと追い出すね。大家に同情するわ」

たしかに揉めて別れた相手が合鍵を持っているとなれば、大家が心配するのは当然だ。アパートにはほかの住人もいる。安全を確保しなければならないし、何か事件でも起きて、アパートの評判が落ちれば死活問題だ。

私は流しに手を掛けてしゃがみ込んだ。他人にまで迷惑をかけてしまうかもしれないと思うと、やるせなかった。

「で、今日、当てはあるのか？」

落ち込む私に碧斗は抑揚のない声で言った。

「当てっていうのは……？」

私は碧斗を見上げながら、流しを支えにしてゆっくりと立ち上がった。

「いつあのヒモ男が入ってくるかもわからないあの家に、危険だってわかってて帰って寝るつもりかよ？」

「それはそうですけど……。そうするしかないですから」

当てなどないし、恥ずかしくて、碧斗以外にこんなことは話せない。できることなら碧斗にも話したくなかった。

「ドアにはチェーンもありますし、彼のことだから私のことなんか、もうきれいさっぱり忘れてるかもしれないですし……」

「ホントに、安易な考えだな。そういうところにつけ込まれるんだよ。もう少し危機感持てよ」

普段なら反発したくなるところだが、今はそれ以上に不安だった。碧斗の言うとおり、考えが甘いことはわかっている。千穂美ちゃんも〝何か起きてからでは取り返しがつかない〟と言っていたけれど、そのとおりだ。何か起きてから——そう考えた途端、身震いがして両腕をさすった。

すると、碧斗が呟くように言った。

「……引っ越し先が決まるまでなら置いてやってもいい」

私は最初、その言葉を聞き流してしまった。しばらく二人で見つめ合う。

「社長の……ところにですか？」

「ほかにどこがあるんだよ。それとも、引っ越しまでホテル住まいするか？　そんな金があるならの話だけどな」

「ない、ない。ないです、そんなお金」

「だったら、来るのか？　来ないのか？」

碧斗の申し出はありがたかったが、二つ返事で答えられるような話ではない。しかし、私たちの地元は三重県《みえ》の伊勢市《いせ》というところなので、実家に戻るのは現実的ではない。そうなると、ほかに頼るところがなかった。

それに、碧斗にはすでに事情を話してしまっているし、幼い頃から付き合いのある弟のような存在でもある。弟の家に居候するようなものだと思えば、少しは気が楽だったし、なにより今から誰かに一から説明するのは骨の折れることだった。

「本当にいいんですか？」

碧斗のいつもの視線が突き刺さる。

「いいから言った。俺のことより、もっと自分のことをちゃんと考えて決めろ。どうでもいいなら勝手にしろ」

私は少しの間、身動きが取れなくなった。碧斗の視線が怖かったからじゃない。碧斗の言葉が胸に刺さったからだ。

「社長！」給湯スペースを出ていこうとする碧斗を私は呼び止めた。「あの、掃除もしますし、洗濯もします。だからお願いできますか？」

「居候させてやるんだから、当然だ。だけど、言っておくが飯はいい。お前、料理、ダメそうだし」

思い切り嫌味を言われたが、反論する余地はなかった。むしろそこは期待されないほうがありがたい。

「今日は早めに上がって必要最小限のものをまとめとけ。お前、どんくせぇからな。貴重品は忘れるなよ。準備ができた頃に迎えに行ってやる」

「わかりました。ありがとうございます」

まるで仕事の指示でも出すかのように簡潔に話す碧斗に、私は秘書のように対応する。無理やりにでも碧斗からの業務命令だと思うことで、私は混乱する気持ちを落ち着かせていた。

「弁当、早く食わねぇと、間に合わねぇだろ」

碧斗は前を向いたままそう言って、給湯スペースを出ていった。

私はお湯を沸かし直して急いでほうじ茶を淹れると、お弁当を持って碧斗のデスクに急いだ。

「すみません。から揚げ……揚げたてだったんですけど……」

私が謝ると、碧斗は真っ先にから揚げに箸を伸ばし口に放った。

「まだあったけぇよ」

私は思わず微笑んだ。から揚げは幼い頃から碧斗の好物だった。彼は子どもみたいに大きな口でから揚げをほおばっていた。

そして、その日の夜、私の小さな引っ越しは行われた。碧斗はこうと決めたらすぐさま動き出す。判断が鈍って行動が遅れれば、大きなチャンスを逃してしまうというのが持論だ。最小限にまとめたつもりの荷物は思いのほか膨らんでしまったが、貴重品は忘れずに持った。

「行くぞ」

私の荷物を両手いっぱいに提《さ》げた碧斗が私を呼ぶ。私は返事をしながら最後にテーブルの隅にあるワインボトルを手にして靴を履いた。

私のアパートの前に停めてあった碧斗の車のトランクに荷物を積む。ワインボトルだけ手に抱えたまま、私は助手席に乗り込んだ。

幼馴染といっても、大人になってからは仕事上の碧斗しか知らない。住所は知っていても、実際に碧斗の自宅を目にするのは初めてだった。

「さすが社長のお宅ですね……」

私のアパートとは、外観も内装も比べ物にならない高級マンションだった。

碧斗は玄関に入るなり、長い廊下を進みながら、各部屋を説明していく。

「便所、風呂、物置、で……」ドアを開けると、荷物を投げ入れた。「ここがお前の部屋」

そこは六畳ほどの部屋で、裸のベッドが一つ置かれているだけだった。

「ホテルみたいですね」

「クローゼットにシーツとかもあるから。適当に使え」

「ありがとうございます」

碧斗はそこまで言うと、部屋を出てさらに廊下を奥へ進んだ。右手のドアを開けるとリビングとキッチン、そして大きな窓の外には夜景が広がっていた。部屋はきれいに片づけられていて、掃除も行き届いているようだった。

「社長、案外きれい好きなんですね」

「案外は余計だ。それと、じろじろ見んな」

「社長の部屋は？」

「向こう」

碧斗は廊下のさらに奥のほうを指さした。どうやら廊下を挟んで反対側に、碧斗の部屋があるらしい。

「疲れた。水くれ」

碧斗はソファに身体を投げ出した。

「あ、はい。冷蔵庫ですか？　開けてもいいですか？」

「いいから早くしろ」

私が冷蔵庫からペットボトルを取り出して手渡すと、碧斗が何かを考え込むような様子で水を飲み干した。

「もう一本いりますか？」

碧斗は答えることなく、手にしていたペットボトルを捻って潰した。そして、呟くように言った。

「やっぱ、やめればよかったな」

私はその言葉に凍りつく。

「な、何がですか？」

「お前をここに連れてきたこと」

何が碧斗の気に障ったのだろうと振り返るが、思い当たる節はない。

すると、碧斗はため息交じりに言った。

「考えてみれば、これでお前とは二十四時間一緒の生活だ。ま、それはお前も同じだが、お前は自業自得。俺のほうはお前といる限り、ずっと仕事が抜けきらねぇし、家にいても休んだ気がしねぇよ」

「たしかに……そうですよね……」

言われたとおり、私は自業自得として仕方ないにしても、碧斗には思っている以上の負担をかけることになる。

「すみません……」

私は謝るしかなく、頭を下げた。すると、碧斗はソファの背もたれから起き上がり、前のめりになって言った。

「まず、そういうの、やめようぜ。会社のときと同じしゃべり方。家にいる間は社長も、敬語もなしだ」

有無を言わせない目で碧斗が私を見る。

「……わかった」

敬語にならないよう意識して返事すると、どこかぎこちなくなった。

「腹減った。ピザでも取るか」

「あ、うん……」

碧斗はそう言うなり、スマホでデリバリーピザのメニューを開いた。

「ハーフ&ハーフで、お互い好きなのを一つ選ぼうぜ。俺はこれ。芹香は？」

〝芹香〟――。久しぶりに名前で呼ばれて、気恥ずかしさとともに、懐かしさが込み上げる。それが私のスイッチになったのか、次の言葉は自然なものになった。

「やけに慣れてるね。夕飯、こういうの多いの？」

「お前だって似たようなもんだろ」

「私は違うよ。一人でピザなんて食べ切れないし、それに、料理はできないけど健康には気を遣ってるの。ね、サイドメニューでサラダも頼もうよ」

「好きにしろ」

「うん、好きにする」

　私は碧斗からスマホを手渡され、メニューをのぞく。けれど、優柔不断さが仇《あだ》になり、こんなときになかなか決められないのは常だった。

「早く決めろよ」

「だって、どれも美味しそう」

「あっそ。じゃあシャワー浴びてくるから、俺が出てくるまでには頼んどけよ」

「え、ちょっと待って。住所とかは？」

「わからないはずねぇだろ」

　碧斗はそう言うとシャワーに行ってしまった。

「ちょっと……」と立ち上がりかけたが、碧斗の言ったとおり、住所は職業柄、頭にちゃんと入っている。私は悩んだ挙句、メニューを決めると、ピザ屋に電話をかけた。

　碧斗がシャワーを浴びている間に、私は荷物を置いた部屋に戻り、荷ほどきをした。荷物を整理しながら、クローゼットの中からシーツを借りて寝床を整える。ワインも冷蔵庫に入れた。少ない荷物はあっという間に片づけ終わり、私はベッドにもたれてため息をついた。

　智に勝手に合鍵を作られたとはいえ、それも結局は自分の責任だ。そのせいで住みやすかったアパートも引っ越さなければならなくなり、碧斗にまで迷惑をかけることになってしまった。ずっと、碧斗のお姉さん気分でいたけれど、弟に頼ることになるとは、姉のメンツは丸潰れだ。

だけど、碧斗がいてくれなかったらどうなっていたかわからない。このときばかりは碧斗の存在に感謝するしかなかった。

私がもう一度ため息をついたところで、開けっぱなしにしてあったドアがノックされ、碧斗が顔をのぞかせた。

「風呂、入れば？」

「うん、ありがとう。シーツとか勝手に借りちゃった」

碧斗がベッドに視線を移す。

「枕カバーとか、肌布団も好きに使え」

「ありがとう……。今回のこと、本当にありがとうね。それに……ごめん。できるだけ、早く部屋を見つけるから」

「っとに、でもまあ、そんなに急ぐことねぇだろ。とにかくあっちのアパートは早く引き払ったほうがいいし、ある程度移したらつまらないものは処分しろよ」

「つまらないものって……」

「変な思い出は引きずってくるな」

「それは……できたら私もそうしたいけど、買い替えるにもお金がかかるから」

「ここにいる間は必要なものは揃ってるし、今度買い替えるときは餞別《せんべつ》に買ってやるよ」

「えっ？　ホント？」言った後で慌てて取り消す。「あ、ごめん、別に本気にしたわけじゃないから」

「本気にしてもらっても構わねぇよ。俺、嘘、言わねぇし」

「なんで？　なんで、そこまでしてくれるの？」

「さあな。昔の恩ってやつか？　昔はうざいくらいに俺のこと、赤ん坊扱いしてたしな」

「違うよ。面倒見てあげてたんでしょ？　どっちにしても、碧斗の恩返しだね。〝絶対にのぞかないでくださいね〟とか言うんでしょ？」

「バーカ。何、ワケのわからないこと言ってんだよ。それより、ピザ頼んだんだろうな？　早く風呂行かねーと、着いちまうぞ」

「そうだね。お風呂入ってくる。あ、〝絶対にのぞかないでくださいね〟なんてね」

碧斗と言葉を交わすうち、自然と笑みがこぼれてくる。

「碧斗……本当にありがとう。こんな状況で笑ってる場合じゃないんだけど、こうやって安心してお風呂に入れるのも碧斗のおかげだから」

「……そういうの、逆に気持ちわりぃな。いいから行けよ」

「うん」

私が返事をすると、碧斗はリビングへ戻った。私は碧斗の足音を聞きながら、再び笑みをこぼし、急いでバスルームへ向かった。

お風呂から上がるとピザが届いていた。食欲をそそるチーズの匂いが廊下まで漂っていた。

「ごめん、待たせせた？　お皿出すね」

キッチンで準備する碧斗に声をかける。振り向いたところでお風呂のお礼も言うと、碧斗は「冷めないうちに食うぞ」と素っ気なく顔をそらす。

私は碧斗を手伝い、ダイニングテーブルにお皿を並べた。ピザのお供はもちろんビールだ。私たちは席に着くと、缶ビールを開けて缶のまま乾杯した。

そして、とろけるチーズを分け合って、マンションでの決まり事やこの家のことなど、これから始まる新しい生活について話をした。

「碧斗、せっかく野菜も注文したんだから、ちゃんと食べなよ」

「うるせぇな」

「食事は栄養バランスが重要なの」

「料理もできねぇくせに、偉そうなこと言ってんじゃねぇよ」

「料理はこれから頑張るの」

「そんなことないから。私、ここにいたら料理上達しそうな気がする」

「バカか。そんなわけねぇだろ。どういう根拠だよ？」

「根拠はないけどなんとなく」

「アホか」

「でもさ、レストラン事業の社長が毎日こんな食生活を送っているのはまずいと思わない？　きっとみんな碧斗のこと、素材とかにうるさくて、手料理の一つくらいパパッと作っちゃうくらいに思ってるんじゃないかな」

「そんなことねぇだろ」

「ううん、そんなことあると思うな。……小野田さんはさすがにシェフだから、家での食事も手が込んでるのかな？　パスタとか鼻歌交じりに作っちゃいそうだし、朝は優雅にフレンチトーストとか」

「お前、そういうのに憧れてるわけ？」

「そうかなって思っただけで、憧れてるわけじゃないよ。それに私、朝はご飯と味噌汁派だし」

「へぇ……。俺もそっち派」

「碧斗、料理しないのに？」

「遅すぎねぇか？」

「さすがに飯は炊けるし、味噌汁ならインスタントもあるしな。つうか、お前だって、〝料理苦手派〟だろ？」

「碧斗に比べれば、私のほうがレベル高いから。味噌汁だけは手作りだもん。ということで、朝はご飯と味噌汁に決定だね」

私が言うと、碧斗は機嫌を直したのか、まんざらでもない顔をした。

私はこの夜、夕飯時の碧斗の顔を思い出し、翌朝の朝食はインスタントより美味しい味噌汁を作ろうと決意してベッドに入った。

けれど、翌朝、碧斗の家に味噌がないことを知り、結局朝食はインスタントの味噌汁になってしまった。

それでも、私には満足な朝食だった。元カレの智は、泊まれば翌日の昼まで寝ていて、朝食を一緒に食べたことはほとんどなかった。

久しぶりに誰かと取る朝食はどこかくすぐったく感じられた。慣れないフライパンで作った目玉焼きは、碧斗は半熟好きだとわかったので、今度から固め好きな私のものと焼き時間を調整することにした。

前の晩、出社は別々にすることを決めた私たちは、今までどおり、私のほうが先に会社に到着するように、碧斗より一足早くマンションを出た。

ロビーに到着すると、「おはようございます」という清々《すがすが》しい声で、千穂美ちゃんが迎えてくれた。

私は「おはよう」と返すと、腕時計を確認した。どうやら碧斗のマンションからだと、会社まで五分余計にかかるようだ。

「今日はいつもより元気ですね。顔色もいいみたい」

「そうかな？」

「受付嬢を甘く見ないでくださいよ。人間観察も仕事なんですから」

「そうなんだ。怖い怖い。何かあったらバレちゃうね」

「そうですよ。気をつけてくださいね」

「ねえ、千穂美ちゃん、昨日の旅行会社の彼女のことなんだけど……」

挨拶を交わしてから、私は昨日見かけた彼女の友人について尋ねてみた。他人事でないため、気になって仕方なかった。

「ああ、彼女」

すると、千穂美ちゃんの表情が明るくなった。

「彼女、引っ越し先が見つかりそうなんです。アパートの大家さんがわざわざ探してくれたらしくて、昨日、あれから、物件を見てみないかって連絡があったみたいなんです」

「そうなんだ……。よかった」

私は明るく振る舞いながらも内心は複雑だった。昨日の碧斗の話を思い出したからだ。大家さんも面倒なことになる前に必死なのかもしれないし、もしかしたら本当に親切な人なのかもしれない。後者であってほしいと密かに願った。

「じゃあ、行くね。また今日の社長の予定、連絡するから」

「はい、お願いします」

救われたのが自分だけじゃないと思うと、私の心も軽くなる。エレベーターでの身体がふわりと浮く感覚も、今日はなんだか心地よかった。

いつもと変わらない朝のはずが、碧斗の出社の時刻が近づくにつれ、落ち着かない。どんなふうに顔を合わせていいのかわからず、不安なような、楽しみのようなどっちつかずの心境だった。

そんな気持ちで碧斗を社長室に迎え入れたとき、私はもしかしたら碧斗も同じ気持ちだったのではないかと思った。

「おはようございます」

いつものように挨拶をして、下げた頭を上げると、碧斗と目が合った。その瞬間私は小さく吹き出してしまった。碧斗はいつものように白けた顔だったが、私にはその前に一瞬だけ見せた表情がいつもより少し柔らかいことに気づいたからだ。

「なんだか変な気分ですね」

「別に」不愛想なところもいつもどおり。

「今日はコーヒーにしますね」

朝はほうじ茶の香りを感じるのが好きなのだが、今日はコーヒーを提案した。

「なんで？」

「なんだか、まだ現実のことと思えなくて。頭が混乱しそうだから、ちゃんと目を覚ますためです」

「バーカ。それはお前だけだろ。俺は目覚めもいいし、切り替えもできてる」

「さすが社長ですね。でも、今日は、社長が私に付き合ってください。それともお茶のほうがよろしいですか？」

私が尋ねると、碧斗は一瞬黙った後に、「コーヒー」と短く返事をした。


碧斗のマンションに引っ越してから二回目の週末が来た。

私のアパートの荷物は碧斗の協力のもと、この前の休日を利用して運び込みが終わり、家財道具のほとんどは大家に頼んで処分してもらうことになった。もともと質素な生活だったため、荷物はそれほど多くない。このときばかりはそんな生活に感謝した。

アパート探しはネットを中心に進めてはいるが、まだこれといった物件には巡り合えていない。碧斗との生活は思いのほか快適で、不思議に感じるほどだった。

「今日、夕飯いらねぇから」

朝の食卓で、碧斗が味噌汁をすすって言った。今日は少し焦げた卵焼きときゅうりの浅漬けだ。味噌汁はもちろん私の手作りである。

「サンシャインズホテルでの会食だよね。今日は泊まり？」

同ホテルの役員も出席する同業者数名で行われる会食だ。宿泊用に部屋も用意されているので帰りの心配はない。

「お前の予定は？」

「私？　私は普段どおりだけど、どうして？」

「別に。……今日は泊まらずに帰ってくるかな。今度のセミナーの原稿も、そろそろ考えねぇとやべぇし」

「そっか、もうすぐだもんね。じゃあ今日は運転代行を手配する？」

「駐車場に車停めとくから、帰りはお前が運転すれば？」

「え⁉　冗談でしょ？　無理。碧斗のあの車、私には無理だよ」

「なんで？　そこら辺の車と変わらねぇだろ。何が違うんだよ」

「だって、あんな高級車、こすったりしたら大変だし、大きいから絶対こするもん。碧斗だって私の運転は危なっかしくて乗りたくないって、前に言ってたじゃない」

「こういうときの足くらいにはなるだろ」

　私が唇を尖らせて碧斗を睨むと、彼は私の視線を難なく交わして話を続けた。

「あのホテル、最上階のラウンジがリニューアルしたんだと」

「あそこのラウンジ、名古屋女子の憧れだよ。知ってた？　密かなプロポーズスポットらしいから。ほら、ホテルも格上だから、めったに行けるホテルじゃないし。だからこそ、女子は憧れるんだよ」

　私がご飯茶碗を片手に力説するも、碧斗の表情は変わらない。

「で、行くのか？　行かないのか？」

「もう……冷めてるんだから。まあ、碧斗にとっては別に手が届かないホテルじゃないし、特別感が薄いのかもね」

「で？」

「行ってみたいけど、そしたら運転がついてくるんでしょ？」

　私は碧斗を睨んだその目を、上目遣いに切り替えた。

「お前の運転が酷かったら、代行って手もあんだろ」

「それなら……行く」

　碧斗は自分が何度も催促したくせに、私の返事に答えようとせず、味噌汁を最後まで飲み切った。「美味しい」の一言を待っていた私に碧斗は言う。

「お前、卵焼きに砂糖入れすぎるから焦げんだよ」

「……以後、気をつけます」

私は鼻息を荒くして返事をした。

「今日は……彼氏とケンカでもしたんですか？　それとも……逆にいいことでもありました？」

ロビーで千穂美ちゃんと挨拶を交わすと、不思議そうな顔でそう聞かれた。

「えっ、どうして？」

「なんだか、ふくれっ面なのに……嬉しそうな顔にも見えるんで」

彼女はにこやかに微笑むが、私は驚いてキョトンとした。

「千穂美ちゃんの目ってホントにすごいかも」

「あ、じゃあ、図星ですか？」

「ケンカ半分、いいこと半分っ……てとこかな。あ、彼氏とっていうのは違うけど」

私はそう言いながらもう一つ思い出した。

「千穂美ちゃん、ごめん。私、前に彼氏がいるって言ったんだけど、その彼とは別れちゃったの」

「あ、そうなんですか……。すみません、私、余計なこと……」

「ううん。言ってなかったのは私だもん。気にしないで」

「ずっと芹香さんのこと見てるのに、別れたっていうのは気づかなかったな……」

彼女は申し訳なさと、それを見抜けなかったことが悔しいのか両手を握りしめた。

「千穂美ちゃんにも見抜けないことがあるんだ?」

私はいたずらっぽく笑って見せた。

「……そうみたいです。むしろ、最近、彼氏といいことでもあったのかなって思ったくらいですから。プロポーズとか」

「ない、ない」

今度は手ぶりをつけて笑ってしまった。

「私、このとおりフリーになっちゃったし、プロポーズなんて夢のまた夢」

「そうなんですか……」

「そうなの。千穂美ちゃんのほうが早いよ、きっと。引く手あまたって感じだもんね」

「そんなことないですよ。肝心な人には振り向いてもらえないっていう悲しいパターンかもしれないです」

そのとき、彼女は明るい表情の向こうに、切なさを滲ませた。

「ううん、大丈夫だよ。千穂美ちゃんのこと、放っておく男とか信じられないし。いたら私がガツーンと言ってやるから」

「頼もしいですね」

華奢《きゃしゃ》で、か弱そうな彼女が言うと、本当にそうしてあげなければと義務感さえわいてくる。男が守りたい女ができたとき、やる気が出てくる心境が手に取るようにわかる。

私もいつかそんなふうに誰かに想われたいと、身の程を忘れて思ってしまう。

「千穂美ちゃん、いいなあ」

私が憧れの眼差しを向けると、彼女は不思議そうに首を傾げた後、真顔になって言った。

「私は……芹香さんがうらやましいです」

「え⁉　どうして？」

その答えを聞く前に、私を呼ぶ声がして会話は遮られた。

「まだこんなところにいるのかよ」

地下駐車場から上がってきた碧斗だった。

「え、社長⁉」

碧斗より先に出社して、社長室の準備を整えなければならない私が、部屋に着くより先に碧斗に出会ってしまったので、私は苦笑いを浮かべるしかなかった。

そうする間にも、千穂美ちゃんは姿勢を正して、「おはようございます。昨夜は荷物は届いていません」と深々と頭を下げていた。

碧斗は「ああ」と小さく返事をした。そして、すぐに私に視線を戻した。

「朝から何分くっちゃべってんだよ」

碧斗は私がマンションを出る時間から逆算して言っているのだろう。たしかに今朝は彼女との話が長引いてしまった。

「すみません、私がお引き留めしてしまって……」

すると、千穂美ちゃんが身を小さくしながら私たちの間に入った。緊張しているのか声が小さい。私が千穂美ちゃんのせいではないと口を開こうとすると、碧斗は「それならいい」と大人しくなった。

拍子抜けする私に碧斗は、「行くぞ」と言って歩き出した。

「え⁉　あ、はい」

私は振り返って、「何？　この扱いの違い！」と千穂美ちゃんに小声で訴えると、慌てて碧斗の後を追った。千穂美ちゃんは苦笑いを浮かべて肩をすくめた。

碧斗に追いつくと、私は嫌味を込めて「社長もほかの男性と変わらないんですね」と言葉をかけた。もちろん、碧斗から返事はなく、意味がわからないとでもいうように、無言で睨まれただけだった。

普段どおりの一日が過ぎ、夕方になると碧斗は、予定どおりサンシャインズホテルの会食に出かけた。

碧斗の留守の間に、書類の整理と、来週のブライダル事業部のコンペの進捗状況を確認することにする。碧斗の気配のしない静まり返った社長室の隣で私は、時折鳴る電話を受けながら、作業を進めた。

定時から一時間半ほどが過ぎた頃だ。そろそろ終わりにしようとデスクの上を片づけているとスマホが鳴った。碧斗からの連絡にしては、少し早いと思いながら画面を見ると、小野田さんからだった。

「はい、小柳です」

「お疲れさま」

「副社長こそ、お疲れさまです」

「小柳さん、今日はまだ会社？」

「あ、はい。もう少しで上がろうと思っていたところです」

「碧斗も一緒？」

「いえ。外出されていて今日は……」

「今日は？」

私と待ち合わせているのに〝直帰する〟というのがふさわしいのかどうか迷い、少し躊躇《ちゅうちょ》してしまった。

「直帰する予定です」

「そっか、ならちょうどいい。これから夕飯一緒にどうかな？」

「夕飯ですか……」

「無理？」

「あ、いえ。そういうわけじゃないんですけど、少し早めに帰らないと」

「何かあるの？　あ、いや、ごめん、変な詮索して。少しなら大丈夫かな？　苺のブリュレの好評ぶりと、次の新作の話もしたいんだ」

「もう次の新作ですか？　苺のブリュレ、絶対好評だと思ってましたけど、そんなにすごいんですか？」

「ん、まあ、そういうことだけど、この電話で全部話したら会って話すことなくなっちゃうよ」と、彼は小さく笑った。

「そうですね……」

「じゃあ、夕飯だけ一緒にいいかな？」

「あ、はい……」

私が返事をすると、小野田さんは「ありがとう」と声を弾ませた。

それとは対照的に、私は前回の告白を思い出し、少し焦った。もしかしたら、何らかの返事を期待されているのかもしれない。しかし、私はまだ何の答えも持ち合わせていなかった。

小野田さんが「たまには僕も客になりたい」と言うので、今日は名古屋店ではなく名古屋駅で待ち合わせることになった。待ち合わせと言っても相手は副社長だ。私は彼を待たせることのないように、少し早めに会社を出た。

名古屋駅の中央コンコースの吹き抜けエスカレーター前にある〝金の時計〟は待ち合わせの定番スポットだ。金の時計を中心として、その周りをスマホを片手にした男女が円を描くように立っていて、辺りを見回していた。

「すみません。遅くなりました」

私がデパートの壁際に立つ小野田さんに駆け寄ると、彼は時計を指して笑った。

「遅くなんてないよ。ほら、まだ十分もある」

振り返って時計を見ると、たしかにまだ待ち合わせの時間にはなっていなかった。

「でも、お待たせしまって……」

すると、彼は「ごめん、ごめん」と言いながら笑った。

「探すよりも探されたいなーって思って、早く来たんだ」

「え？」

「僕を探してきょろきょろ見回す小柳さん、結構可愛いかったよ」

私は年甲斐もなく赤面してしまった。

「そ、そんなとこ見られてたんですか⁉　小野田さん、人が悪いです」

「あ、今日は小野田さんって呼んでくれるんだ？」

「だって、そうしないと小野田さん、返事してくれないんですよね？」

「そうそう、わかってきたじゃん」

私は再び両頬に熱を感じた。痛い目に遭ったばかりだというのに、年下の彼にこんな反応を示す自分に半ば呆れる。

「どうしたの？　行くよ」

気づくと、小野田さんが私の顔をのぞき込んでいた。

「いえ、何でもありません」

私は首を左右に振ると、小野田さんと並んで歩きだした。

名古屋駅の桜通口《さくらどおりぐち》を出て向かったのは裏路地にある賑やかなレストランバーだった。案内されたのはカウンター席で、予約を入れておいてくれたようだ。

「女性と一緒なんて、珍しいですね」

小野田さんに声をかけてきたのは、カウンターの向こうのバーテンダーだ。彼は何種類ものお酒に囲まれながら、忙しなく手を動かしていた。

「珍しいでしょ？　彼女は僕の特別な人だから」

小野田さんはすでに酔っているかのように陽気に答える。

「彼女に何か特別なの作ってよ。軽い食事も。お任せでいいから」

その言葉に、バーテンダーは苦笑いをわずかに滲ませた。

「今日はいつも以上にプレッシャーがかかるじゃないですか」

そして、助けを求めるように私に話しかけた。

「小野田さんは簡単に言ってくれますけど、こっちは緊張するんですよ。何せ、有名シェフの口に入るんですから。厨房には小野田さんが来たことは黙っておきます。じゃないとみんな緊張して、料理がなかなか出てこなくなりますから」

私が彼の心情を察しながら微笑むと、横から小野田さんが笑い飛ばした。

「ひどい言われようだな。俺はなんだって美味しくいただいてるよ。この店が気に入ってるからいつも来てるんだし、だから、彼女だって誘ったんだから」

「申し訳ありません。でも、本当のことで」

バーテンダーは嫌味のない笑顔を向けると、「すぐに準備します」と言って、カウンターの奥へ行こうとした。彼が背中を向ける前に私は慌てて呼び止めた。

「すみません。私はノンアルコールでお願いします」

バーテンダーは小野田さんに一瞬視線を向けると、すぐに「かしこまりました」と奥へ姿を消した。

「そっか。今日はこの後、予定があったんだもんね……」

小野田さんがどこか寂しそうに言うので、私は理由を打ち明けた。

「予定といっても、社長と会うだけなんですけどね」

「碧斗と？　食事の後で？　そんな遅い時間から仕事？」

彼の言葉には探りを入れるようなニュアンスがあった。

「半分仕事のようで、半分は違うかもしれません」

「なんだか、意味深だな」

「そんなことありませんよ。社長を会食先に迎えに行って、ご自宅まで車で送る予定です。その前に、そのホテル内にあるバーに連れて行ってくれることになってるんです」

「へえ……どこ？」

「すぐそこのサンシャインズホテルです。あそこのラウンジバーがリニューアルしたんですって」

「あそこって、よく雑誌にも取り上げられてるよね。プロポーズされたい場所、ナンバーワンだっけ？」

小野田さんの言うとおり、サンシャインズホテルのラウンジバーといえば、名古屋の情報誌では定番のデートスポットだった。

「そうみたいですね。プロポーズしたら、絶対に上手くいくっていうジンクスもあるらしいですよ」

「ふーん、そうなんだ。そんなところで碧斗と？」

「あ、私たちはそういうのとは関係なく……。帰りに送る代わりのご褒美みたいなものだと思います」

「でも、そんなバーに行っても、車の運転があるんじゃ、結局飲めないってことだよね？」

「まあ……そうですね。ただ、雰囲気を味わえるだけでも十分です。めったに入れる場所じゃありませんから」

するると、彼は何かを考え込むように腕を組んだ後、カウンターに前のめりになった。

「今日の迎え、僕も一緒に行っていいかな？」

「小野田さんもですか？」

「そう。僕もしばらくプライベートでは碧斗と会ってないし、久しぶりにゆっくり話をしたいんだ」

私は彼からの唐突な申し出に驚かされると同時に、困惑していた。

現在、碧斗と一緒に暮らしているとはいえ、本当の意味でプライベートで碧斗と会うのは久しぶりだった。というより、この会社に入って初めてのことで、少しばかり楽しみにしていたからだ。

けれど、一緒に行くのが小野田さんなら、そのほうが碧斗は喜ぶかもしれない。

「じゃあ、社長に連絡を入れておきますね」

「あ、碧斗には内緒にしておこう。突然現れてびっくりさせようよ。ちょっとしたサプライズとして」

「そういうことなら」と、私は取り出しかけたスマホをしまった。

「帰りは代行を呼ぶか、車は置いたままにして、タクシーを呼べばいいんじゃない？せっかくなんだし三人で飲もう」

「ありがとうございます。一応、私は社長の許可がないと飲めないですけど」

「プライベートまで碧斗の言いなりなの？」

小野田さんは少し不満げに顔を突き出して言った。言いなりなわけではないが、今の状況では、碧斗に頭が上がらないのは事実だ。

「そういうわけじゃありませんけど……」

私がそう返事をしたところで、バーテンダーがタイミングよく飲み物を出してくれた。瀟洒《しょうしゃ》なグラスにわずかな液体がブルーに輝いている。

「乾杯しようか。碧斗より先に」

小野田さんが先ほどまでの険しい表情を崩し、笑顔でグラスを持ち上げた。彼が私のグラスに自分のグラスを当て、二人の間にガラスのぶつかる高い音が心地よく響いた。グラスに口をつけたところで、それを見計らったかのように料理も運ばれてきた。

さすがに小野田さんの行きつけの店だけのことはある。料理の見た目も、味も、申し分なかった。

「でも、このお店の方の気持ち、私にはわかりますよ」私は先ほどのバーテンダーの言葉を思い出して言った。「小野田さんみたいな人に料理を作ってお出しするの、絶対に緊張しますよ」

「そんなふうに思ってほしくないんだけどな」

「小野田さんと結婚する人は、相当料理上手な人じゃないとダメですね」

話の流れで口を突いて出てしまったが、言わなければよかったと後悔した。少し伏せた私の横顔を彼が見つめる。

「そんなことまったく望んでないけど、小柳さんは料理は？」

期待のこもった視線が痛い。

「……料理は少しだけ」

迷った挙句、少し見栄を張ってしまったが、すぐに訂正した。

「ごめんなさい。ホントは全然ダメなんです。こんな年にもなって、引きますよね。料理のできない女って、結婚相手としては致命的ですよね」

恥ずかしくなって手のひらで顔を隠した。言うんじゃなかったと後悔する。

すると、まったく意外な言葉をかけられた。

「小柳さん、可愛いなあ」

私は初め、料理ができないことをいじられているのだと思った。でも、小野田さんは私に向き直り、真剣な目をして言った。

「僕、結婚相手に料理ができるとか、できないとか、そういうの全然望んでないよ」

そして、その瞳がいたずらっぽく輝いたかと思うと、目を細めた。

「だって、僕が料理できるから」

彼の言葉に一瞬目を丸くしたものの、私は可笑しくなって噴き出してしまった。

「そういう考え方もあるんですね」

それが彼の本心でないにしても、彼の気遣いは素直に嬉しかった。

「ホント、可愛いな。そういうところ。素直に話しちゃうところとか」

「からかわないでください」

「からかってなんかないよ。本当にそう思ったから言っただけ」

「いいえ。からかってますよ。年上の女性をからかうと怖いですよ」

私は冗談めかして少し強気になって言った。すると、小野田さんがキョトンとして首を傾げる。

「年上って?」

なんのことを聞き返されているのかわからずに今度は私が首を捻る。

「小野田さんて……私より年下ですよね?」

「ううん、違うよ」

　彼は頬杖をついて事もなげに返事をした。

「え!?　違うって……。小野田さん、社長と同じくらいの年じゃ……」

「僕って、そんなに若く見える？」

「……はい。すみません。私、もしかして失礼なこと言いましたか？」

「そうじゃないけど、僕、碧斗より年上だし、小柳さんよりも上だよ。たぶん、二歳は年上」

「ホントですか!?」

　身体を捻って小野田さんを見た。思わず大きい声を出してしまったため、バーテンダーがこちらを向いた。

　私が「すみません」と謝ると、バーテンダーは「いいえ、楽しそうですね」と言って、私と小野田さんを交互に見て微笑んだ。

「そんなに驚かれるとは思わなかったけど、僕ってそんなに幼く見えるのかな？」

「いえ、幼いなんて……。でも、お若くは見えます」

　小野田さんが私より年上だとは思いもしなかった。

　けれど、今思えば、小野田さんが年上であることを匂わせる言動は何度か目にしていた。特に碧斗に対する態度はそうだ。

「ふーん。じゃあ喜ぶべきかな。でも、それって大人の魅力が足りないってことだから、残念がるべきかな」

「あ、すみません。そういう意味じゃないんです」

「冗談だよ。小柳さんを責めてるわけじゃないから。ただ、僕ももっと強引なところを見せないと、小柳さんに子どもだと思われちゃうのかなと思って」

「そんなことありません。もともとが社長のお友達だというので、私が勝手に思い込んでいただけで。気を悪くされてたら、本当にすみません」

「大丈夫だよ。そんなに謝らないで。でも、これで僕が年上だってわかってもらえたから何か変わるかな？　君は年下の男より、年上の男のほうが上手くいくと思うんだけどな」

そう言うと、小野田さんはグラスを口に運んだ。

「今まで私、年上の男性には縁がなかったから……」

「〝今まで〟でしょ。これからはどうなのかな？」

小野田さんは恥じらうこともなく、真っすぐに私を見つめてくる。顔が真っ赤になっているのが自分でもわかる。

返事に困った私がうつむくと、小野田さんはそれ以上問い詰めることなく、穏やかな笑みを浮かべた。年齢を知った今、それは年上の余裕に感じられた。

「苺のブリュレ、大好評だよ」

「えっ？」

　私を気遣ってくれたのだろう。話題が大きく変わった。

「今度その苺のブリュレの写真が雑誌に載るんだ。じつは前々から人づてに、〝シャイン〟からインタビューの申し込みを受けてたんだ。それで、ついこの間、取材を受けた」

「シャインって……まさか、あのシャインですか？」

「そう。あのシャイン」

　〝シャイン〟とは、全国発売されている三十代の女性がターゲットの雑誌だ。その中に毎月〝知られざる五つ星シェフ〟というインタビューページがあって、私もよく読んでいる。

「全国誌なんてすごいじゃないですか！　すごい宣伝になりますよ。前々からって、全然知りませんでした。なんで黙ってたんですか？　今までもお店の取材は何度か受けてますよね」

「ああ。受けてきたのは地元の新聞や地域限定の雑誌取材。全国誌レベルの取材は今まで受けるつもりはなかったから」

「どうしてですか？」

断る理由など少しも見当たらないような気がした。

「だって、下手に全国にお店が紹介されて人気が出ちゃうと、雰囲気も変わるし、予約も取りにくくなって、レストランを支えてくれた地元のお客さんが入りにくくなっちゃうでしょ。そもそも、ブライダルは地元の人のためにあるものだし」

「それもそうですね……」

「でもさ、最近少し考えが変わって、うちのレストランの人気が出て、遠方から人が集まって、結果的にほかのお店や地元が潤うのなら、それもいいのかなって思ってさ。それに今来てくれているお客さんたちとは、すでにそう簡単には切れない絆で結ばれている気がするんだよね。願望も込めてだけど」

「そうですよね」

小野田さんの笑顔を見ると、私も無条件に賛同したくなった。

「それに、もう一つ、いいこと思いついたんだ」

「いいことですか?」

「そう、いいこと。それは雑誌を見て」

それ以上語らなかったが、小野田さんは満面の笑みを浮かべていた。

「もちろん見ます！　でも、取材現場も見学したかったな……。社長はご存知なんですか?」

「いや、碧斗にも言ってない。ごめん、そんなに残念がってくれるとは思わなかったから。でもほら、僕も小柳さんに見られてると照れちゃって、取材どころじゃなくなっちゃったかもしれないし」

「照れちゃうって……」

冗談であろうが、言っている本人よりも、言われているこちらのほうが照れてしまう。

「じゃあ雑誌、楽しみにしてますね。今からすごく楽しみです」

「うん。僕も楽しみだよ」

小野田さんは微笑みながら、グラスの中の氷を揺らした。

碧斗から連絡が来たのは九時前だった。店を出て小野田さんにご馳走になったお礼を言うと、嬉しそうに顔を綻ばせた。名古屋駅から直結のサンシャインズホテルは、今いる店から歩いて十分もかからない距離にある。

「また一緒に食事してくれる？」

「はい、ぜひ。今度は社長も誘いましょうか」

すると、並んで歩いていた小野田さんが一歩前に踏み出した。

「僕は……二人きりがいいな」

小野田さんの背中が前方に見えた瞬間、私の手は彼に握られていた。

「小野田さん……」

鼓動が高鳴って、握られた手のひらには一瞬にして汗が滲む。

「ダメ？」

小野田さんが立ち止まって振り返る。私の顔はきっと赤くなっているが、街の電飾のおかげで気づかれないだろう。でも、こうしている間にも、手のひらには、どんどん汗が滲んでいく。私はそのことが恥ずかしくて手を離した。

「あ、ごめん」

彼のほうが謝るので、私は首を小さく横に振る。

「あ、いえ……嫌なんじゃなくて……」

「二人きりだと気が重い？」

「そんなことないです。ただ社長のことも誘ってあげないと、きっと拗ねちゃいますよ。社長、小野田さんのこと好きだから」

「碧斗が⁉」小野田さんは酔いもあってか大袈裟に笑った。「碧斗が好きなのは……いや、なんでもない。行こう。碧斗のヤツ、待たせるとうるさいから」

小野田さんは再び歩き出すと、また私の手を握った。強く握る彼の手を今度は振りほどくことができなかった。

サンシャインズホテルに到着すると、私は自分から手を離した。

「碧斗に見られるのは嫌？」

「そうじゃないです。明るいから誰に見られても恥ずかしいです……」

「そうだよね、ごめん」

小野田さんは気を悪くしたようではなかったので、ホッとして私は碧斗に電話をかけた。

「社長、下に着きました」

電話をする間、妙な緊張感が私を襲う。小野田さんと一緒にいることに、罪悪感にも似た気持ちが押し寄せる。

「早いな。ラウンジまで上がって来い」

「わかりました」

「あ、上に着いたら〝社長〟って呼ぶんじゃねぇぞ」

碧斗は電話を切る直前に言った。

「……わかりました」電話を切って小野田さんを振り返る。「上のラウンジにいるようです」

「じゃあ、行こうか」

小野田さんはこれから仕掛けるいたずらを楽しんでいるかのように笑ったが、碧斗の反応が怖くて私は同じようには笑えなかった。

エレベーターは無人だった。二人で乗り込み、扉が閉まると、私の鼓動が騒ぎ出す。

階数表示の変わりゆく数字を見上げていると、私の前に立っていた小野田さんが急に振り返って私を壁際に追いやった。背中が壁に着くのと、唇が重なるのは同時だった。一瞬の出来事に目さえ閉じることができなかった。これが彼の言う〝強引さ〟だろうか。

唇が離されたのは、ラウンジに着くまでに途中でエレベーターが停まったからだ。別の客が乗り込み、その後も数回、客の乗り降りを繰り返しながら、最後はまた二人きりになって最上階に到着した。

「碧斗のヤツ、びっくりするかな？」

「え、はい、たぶん……」

先ほどのキスで、まともな返事などできるはずもなかった。そんな私をよそに、小野田さんは余裕の笑みで私の先を行き、ラウンジのドアを押し開けた。

そこは高級ホテルの最上階に位置するのにふさわしく優雅で上品な場所だった。まさに別世界といっていい。私は入ってすぐ、カウンター席に座る碧斗の姿を見つけた。でも、碧斗の反応を見る前に、私の視界は小野田さんの背中で遮られてしまった。

「びっくりしただろ？」

真っ先に口を開いたのは小野田さんだった。小野田さんが碧斗から一つ空けて席に座ったので、私は二人の間に腰を下ろすことになった。

「ああ」

碧斗は小さく笑ったようだが、正面を向いたままこちらを見ない。

「ちょっと小柳さんに報告したいことがあって食事に誘ったんだ」

小野田さんは碧斗に経緯を説明した。

「社長がいなかったので、私だけ行かせていただきました。あの苺のブリュレ、すごい評判みたいですよ」

私はできるだけ明るく言ったつもりだが、碧斗の表情は変わらない。それどころか返事さえしなかった。私の頬の筋肉は強張り、口角がゆっくりと下がっていく。

「碧斗、妬いてるのか？」

碧斗を挑発するかのような小野田さんの発言に、私はいたたまれずにうつむいた。

「何に？　俺が何に妬くんだよ？」

碧斗は返事をしたが、三人の間に流れる言いようのない雰囲気に、私は膝の上で手を握りしめた。

「僕と小柳さんが一緒に食事に行ったこと、碧斗は気に入らないんじゃないかと思って」

「副社長……」

私は思わず口を挟んだが、そのことが余計に話を混乱させる。

「〝副社長〟？　さっきまでは小野田さんだったのに」

小野田さんが拗ねるように唇を尖らせた。

「お前らさ、イチャつくならここじゃなくてもいいだろ」

碧斗は鼻からため息をついた。そして、私を通り越して横目に小野田さんを見た。

「別に、お前と小柳のことは俺には関係ねぇし。ワリーな小柳。俺の迎えのために予定を変更したのか？」

「……そんなことありません」

碧斗の顔を直視できず、私は目を伏せた。

碧斗は私を小柳と呼んだ。先ほどエレベーターに乗る前に、碧斗は自分のことを社長と呼ばないように念を押した。碧斗が〝社長〟でないときは、私は〝小柳〟ではなくて、幼馴染の〝芹香〟のはずだった。

膝の上で両手を握りしめる私の横で、小野田さんは自分のオーダーを済ませ、私にも「小柳さんは何にする？」と促した。

すると、碧斗が自分のグラスを勢いよく傾け、グラスの中身を一気に飲み干した。そして、空になったグラスをやや乱暴にカウンターに置くと、その音でほかの客が私たちのほうを見た。客はほとんどが男女のカップルで、三人組の私たちは少し異質だった。

「俺は帰る」

「じゃあ、私も」

慌てて立ち上がろうとすると碧斗がうっすらと笑った。そして、私に目もくれず、小野田さんを真っすぐに見た。

「今日は俺の名前で部屋を取ってもらってる。使いたければ使っていいぜ」

「何言って……」

言葉を失う中、碧斗は席を立ってしまった。

「碧斗！」

後を追おうとすると、小野田さんが私の腕を掴んで引き留めた。

「小野田さん、すみません、今日はもう……」

表情を引きつらせる私をよそに、小野田さんは愉快そうに笑った。

「アイツ……思ったとおりの反応すぎて笑えるよ」

「え？」

「碧斗の言うとおり、ここの部屋に二人で泊まる？」

「小野田さん……」

「冗談だよ」

小野田さんの態度に困惑しながら、私は碧斗が出ていったドアを振り返る。

「すみません。本当に今日はもう……。せっかくここまで来てくださったのにすみません。あの、また……」

「ごめん。大丈夫だよ。また僕から連絡する」

私は小野田さんに勢いよくお辞儀をして駆け出した。エレベーターはもう碧斗を乗せて階下へ降りている。私は扉が開いていたエレベーターに急いで乗り込んだ。やきもきしながらやっと閉まり始める扉を見ながら、慌ててスマホを取り出した。すぐに碧斗に電話をかけるが、コール音が鳴り響く間も、気が気でない。

「出てよ碧斗……」

無意味だとわかっていながらも、スマホを握りしめる手に力が入る。

碧斗が急に不機嫌になるのは、いつものことだ。なのに、今の自分はそのことにひどく動揺していた。先ほどの碧斗は今までにないくらい、本気で怒っているように見えたからだ。

口元に当てた手が微かに震える。長いコールの末、留守番電話に切り替わってしまったが、私はそれでもあきらめずに何度もかけ直した。ロビーに降りても、碧斗と連絡が取れない。私はスマホを耳に当てたまま姿を探した。

ロビーで発見できず、外に向かおうとしたときだった。コール音がやんだ。

「碧斗!?　碧斗、今どこ?」

「しつけぇんだよ。何回かけるんだよ」

「だって……」

張り詰めた心の糸が切れてまぶたを熱くする。気持ちを上手く表現する言葉が見つからなくて、一人立ち尽くす。

「俺は邪魔者だったんじゃねぇの？」

「そんなわけないじゃない……」

「お前、まさか泣いてんのか？」

「な、泣くわけないでしょ!?」

上ずりながら答えた声は微かに震えている。

「あっそ」

二人の間に沈黙が訪れる。私は震える唇を開き、声を絞り出した。

「碧斗……今どこなの？」

碧斗はホテルの地下駐車場に停めた自分の車に戻っていた。

「こんなところに……」

私は車の運転席でシートに寄りかかる碧斗を見つけた途端、言いようのない安堵に包まれる。気が緩んだせいだろうか。こんな状況なのに、突然、笑いが込み上げてきた。

すると、目を合わせようとしなかった碧斗が突き刺すような視線を向けた。なおも、笑いが止まらない私を見て、車の窓を開けた。

「頭、おかしくなったのか？」

「ごめん、ごめん。小っちゃい頃のかくれんぼみたいだなって思って」

「はあ？」

「私、自分が鬼のときね、早く見つけないと、碧斗がどこかに消えちゃうんじゃないかって、すごく不安だったの。自分が隠れる側になっても同じで、今度は碧斗がちゃんと見つけてくれるか心配してたの。だから、見つけても、見つかっても嬉しかった」

腕組みをして話を聞いてた碧斗は、「なんだそれ」と呟いて腕をほどいた。

「碧斗が見えなくなると不安なのかも……」

自分でも変だと思う。幼い頃の感覚が染みついているのだろうか。

「碧斗……」

コンクリートの壁に自分の声が反響する。幼い頃、日が沈みかけると、声をかけるのは私の役目だった。だけど、ほんの一瞬見せた私のためらいに、先に言葉をくれたのは碧斗のほうだった。

「早く乗れよ。運転するヤツがいなきゃ、帰れねぇだろ」

「うん」

碧斗が助手席に移動すると、私は車に乗り込んだ。

「頑張るけど、こすったらごめんね」

「はあ？　あり得ねぇし、許さねぇし」

「ホントに自信ないけど。あ、それからナビを読み取る余裕ないから道案内してね。家に着くまで絶対寝ないで」

「俺、今すげぇ眠いし」

「やめてよ。もう、そんなことならホテルの部屋に泊まったほうがよかったじゃない」

するると、今までテンポよく返してきた碧斗がわずかに間を置いた。

「だったら泊まるか？」

「え？」

私はシートベルトを締め、ハンドルに手を掛けたまま碧斗を見つめた。

「部屋はツインだ。ガキの頃はよく寝かしつけてたんだろ？　お前にとっては弟と寝泊まりするようなもんだろ」

「それは……」

「この車、傷つけたくねぇし、つうか、とにかく眠いんだよ」

碧斗はそう言うと、背もたれを倒してもう目を閉じかけていた。

「ちょっと、碧斗！」

たしかに、碧斗にしてはいつもより飲んでいるような気がした。普段は顔に出ないのにほんのり赤みを帯びているし、疲れも滲んでいるように見える。

「もう……」

私は自分のシートベルトを外し、碧斗の身体を揺する。

「碧斗ってば！　起きて‼」

けれど、碧斗の反応は薄く、もう寝かかっていた。というより、本当に疲れているようだった。

別に怪しげなホテルに泊まるわけではない。それに私たちは普段から一つ屋根の下に暮らしているのだ。泊まったからといって大差はないはず。

私は自分の中で正当化する理由を並べて、再び碧斗の身体を揺すった。変に意識してしまったせいか、さっき揺すったときは何も感じなかったのに、今度は碧斗の身体に触れるには勇気が必要だった。

「碧斗、行くよ」

碧斗は顔をしかめながらかろうじて目を開いた。私は運転席から降りると、助手席のドアを開け、碧斗を車から引きずり出した。

碧斗は眠い目をこすりながらも、なんとか自力でホテルの部屋にたどり着いた。そして、窓に広がる夜景を見ることもなく、ベッドに倒れ込むように横になった。

自分の荷物を放り出し、碧斗に駆け寄る。

「碧斗、着替えないとシワになるよ」

「面倒くせぇ」

「せめてネクタイだけでも取らないと。もう、ホントにしょうがないんだから」

私は碧斗が寝そべるベッドに腰掛け、ネクタイを緩めて首から抜き取った。そして、シャツのボタンを二つ開けた。開いた襟の隙間から、碧斗の筋肉質な胸板が見えて、私は思わず目をそらした。

今にも寝息が聞こえてきそうな様子だが、目を閉じたままの碧斗は意識があるのかないのかはっきりしない。私は腕時計やカフスなどを取り外すと、サイドテーブルにそっと置いた。

「もう、世話が焼けるんだから……」

世話の焼ける弟なのに、シャツの間からのぞく胸元も、腕時計を外した腕も、ベッドからはみ出そうなくらいの身長も、昔とはまったく違っていた。

「碧斗……」

私はもう一度囁《ささや》くように呼びかけた。けれど、碧斗からの返事はなかった。どうやら本当に眠ってしまったようだ。私はそれを確認すると、隣のベッドに腰を下ろし、碧斗を見つめた。

静まり返った部屋で、碧斗の寝息に交じって、自分の鼓動の音が響く。それは少しずつテンポを速め、やがて少し苦しくなると私は深呼吸をして胸を撫でた。

鼓動が落ち着きを取り戻すにつれ、肌寒さを感じた。エアコンの温度を少し上げると、何も掛けずに眠っている碧斗に近づき、身体の下になっている掛け布団を引っ張る。

「碧斗、ごめん、ちょっとどいて……」

碧斗の身体を反転させようとすると、それに抵抗するかのように、寝ぼけた碧斗が私の思惑とは逆に動く。

「風邪ひいちゃうから」

今度はベッドに膝を乗せ、少し強引に布団を引くと、布団ではなく碧斗の腕が伸びてきた。

「うるせぇな……」

その瞬間、バランスを崩し、私は手をつく間もなく、顔からベッドに倒れ込んでしまった。

「ちょっと、碧斗！」

叫んだときには、目の前に碧斗の寝顔があった。碧斗が私の声に反応してうっすらとまぶたを開き、私と目が合った。

その一瞬、呼吸が苦しくなって、胸の奥が締めつけられる。私をぼんやりと見つめるその目は、いつも私に優しい眼差しを向けてくれる小野田さんの目に似ていた。いや、それよりも深く、熱い目。子どもの頃のような幼さを残しつつも、私のすべてを知り尽くしているような大人の目だった。心臓が胸を突き破りそうなほど激しく跳ねる。自分の鼓動の振動で、身体が揺れているようだった。そのまま碧斗の目に吸い込まれそうな錯覚を覚える。

碧斗はゆっくりと数回瞬きすると、再び目を閉じた。閉じた目は長いまつ毛で覆われていて、遠い昔の記憶がよみがえる。車内で碧斗が言ったように、私はよく碧斗を寝かしつけていた。私の家に遊びに来た碧斗が帰りたくないとグズって、そのまま泊まっていくことがよくあったからだ。

そんなときは私の部屋で布団を並べて寝た。電気を消すと、寂しくなって私の布団に潜り込んでくる碧斗を、私はまるで本当の姉のように眠りにつくまで見守っていた。

幼い頃の記憶をぼんやりたどっていると、碧斗が身じろぎした。そのせいで私との距離がさらに接近し、一度落ち着いたはずの鼓動が再び騒ぎ出す。私は呼吸を整えようと、いったん目を閉じた。

すると、横向きになっている私の身体の上に重みを感じた。驚いて目を開くと、私の身体に碧斗の腕が乗っていた。そして、私を引き寄せようとでもするかのように、碧斗の手のひらが私の背中に張り付いた。その手のひらは私の背中を覆うほど、大きなものだった。

「碧斗？」

私は小さく声を漏らした。碧斗の体温が大きな手のひらから伝わってきて、私を包み込むように広がっていく。先ほど上げたばかりの室温が今は暑い。碧斗の腕の重みが私から自由を奪った。

私はしばらく碧斗と呼吸を重ねて、碧斗と同じ速度で肩を上下に揺らした。幼い頃は今の逆だった。私が碧斗の背中に手を回して、トントンとリズムを刻んでいた。

私は碧斗の腕の下から自分の腕を出すと、碧斗の背中に手を回した。

トン……トン……。

碧斗の背中を優しく叩きながら、手のひらが打つ静かなリズムに、徐々に自分の鼓動が落ち着きを取り戻していく。

しかし、次の瞬間、私の背中にあった手のひらが私をさらに引き寄せ、もう少しで碧斗と密着しそうな体勢になる。

「あ、碧斗……？」

彼の腕や胸に囲まれて身体が熱くなり、その熱がじわじわと身体の内部に伝わっていく。その心地よさに、このまま眠りについてしまいたい衝動にかられる。

けれど、起きて顔を合わせたときのことを考えるとそうもいかない。私は碧斗の腕の中から抜け出した。そして、碧斗の身体に布団をかぶせるとベッドを降りた。

隣のベッドに移って布団にもぐり込む。しばらく経っても、身体に残る碧斗の感触はなかなか消えてくれなかった。

私は布団の中で碧斗に背を向けるように壁側を向いた。室内の静けさが逆に落ちつかなくて、なかなか寝つくことができなかった。

眠ることに必死だった私は、この日、小野田さんとキスをしたことさえ忘れていた。


「いつまで寝てんだよ」

清々しい朝に似つかわしくない不愛想な声で目を覚ました。

ゆっくりと開いたまぶたが朝日を取り込む。妙に眩しいのは、もう日が高かったからだった。夕べはあれからなかなか寝つくことができずに、寝入ったのは深夜になってからだった。

「眩しい……」

私は思わず布団を引き寄せて顔を隠した。息苦しくなって布団から顔を出すと、上半身裸の碧斗がベッドに座っていた。

「な、何してんの？」

私は一度出した顔を再び布団の中へ隠した。

「バーカ。シャワー浴びてきただけだろ。どんな想像してんだよ」

「な、何も想像なんかしてないから」

強い口調で否定して、恐る恐る布団から顔を出すと、碧斗はもうシャツを羽織っていて、ボタンを閉めているところだった。ゆっくりと胸元を降りていく碧斗の指先を、私はぼんやり見つめていた。

「何がそんなに珍しい？」

「別に……。碧斗がやっと一人でボタンを留められるようになった頃のことを思い出してただけ」

視線をごまかすためについたとっさの嘘だったが、言った後で、実際にそのときの光景を思い出した。

「よくかけ違えて、そのまま着てたよね」

「んなわけ、ねぇだろ」

「そんなことあるよ。その頃は私が直してあげてたんだから。夕べだって私がネクタイとカフスを外して、碧斗が楽なようにシャツのボタン、外してあげたんだからね」

「へーえ。俺が寝てる間に脱がしたんだ？」

「ぬ、脱がしてなんかないよ。ボタンを外しただけ」

私はベッドから抜け出し、サイドテーブルに手を伸ばし、夕べ外したネクタイとカフスを碧斗に渡した。

　碧斗はなぜかいつもより身長が高く感じられた。私が彼を見上げると、彼も私を見下ろしていた。

　彼の長いまつ毛が瞬くのを見て、夕べのことを思い出した私は、あからさまに碧斗から目をそらした。

「何、目、そらしてんだよ」

「べ、別になんでもないわよ」

「お前……夕べ、俺のこと襲ったりしてねぇよな？」

「するわけないでしょ！　襲ったのはどっちよ!?」

「は？」

「あ、いや……ごめん、別になんでもない」

「はあ？　意味わかんねぇし」

「そんなことはいいの。あっ、それより顔、顔がヤバイよ」

　私は慌てて両手で顔を覆った。昨夜、化粧も落とさずに寝てしまったことに気づいたからだ。

「夕べ、何もしないで眠っちゃった。こういうのって、一日やらないだけで肌は三歳年を取るって言うじゃない。どうしよう？　ごめん、私、洗面所行く」

私は碧斗の返事も待たずに洗面所へと向かった。

「一日で三歳なんて大袈裟だろ」

碧斗の声がベッドルームから飛んでくる。

「大袈裟なんかじゃないよ。いいよね、男はのん気で。女はいつもアンチエイジングと戦ってるの」

叫んだ自分の声が浴室に響く。

「アホくせぇな。もっと別のものと戦えよ」

「これ以上の敵なんてなかなかいないよ。あ、紫外線も敵だね。三十路の気持ちは碧斗にはわからないの。私だって二十代の頃にはまったく気づかなかったんだから」

碧斗に返事をしながら、私はホテルに備えつけられているアメニティで洗顔をした。そして、さらに使い捨てのパックを開けて、白い顔型のシートを丁寧に顔に貼り付けた。肌の奥に浸みていく感じが心地いい。パックに含まれる美肌成分を逃すまいと、押しつけるように両手で顔を覆うと、すぐそばで声がした。

「二十代も三十代もそんなに変わりねぇだろ」

「変わるよ。全然違うもん」

「お前が思ってるだけだろ。変わりゃしねぇよ」

「嘘。碧斗だって思ってるじゃない。いつも私には年齢のこと言うくせに」

「ええ？　そんなこと大ありだよ。私の周りで年齢のこととやかく言うの、碧斗だけだから」

「んなことねぇよ」

「お前がこだわってるから合わせてるだけだろ？」

「何よそれ。そんなの合わせてもらわなくても結構」

「あっそ」

彼は私を睨み、そして、パックをしたままの私をじっと見つめた。

「三十路は大変だな」

「うるさいな！」

鏡越しに碧斗を睨み返し、その目を見て私は夕べ見た、いつもと違う碧斗の目が錯覚だったのではないかと疑いを持つ。

「だいたいお前、年齢とか見た目とかそういうくだらねぇものにこだわりすぎてんだよ」

碧斗が鏡の中の私を見て言う。

「くだらないって……」

「言っとくけどな、お前なんてこのままだったら年上だろうと、誰と付き合ったって絶対上手くいかねーし」

「そんなこと……わからないじゃない」

「わかる」

「何で突然、ムキになってんのよ……」

つい先ほどまでは二人で昔話をして穏やかな朝だったはずなのに、碧斗の変貌ぶりに首を傾げたくなる。

「別に」

碧斗はぶっきらぼうに答えると、鏡の中から姿を消した。すると、すぐに私を呼ぶ声がした。

「お前、さっきから携帯鳴ってんぞ」

「え⁉　電話？」

碧斗に聞き返したものの返事がない。私はパックを貼り付けたまま、ベッドルームに戻ってスマホを探した。スマホは枕元に転がっていた。

スマホで着信履歴を表示すると、小野田さんからの着信が数回残っていた。彼の名前を見つめながら、どうしていいものかと立ち尽くす。

「かけ直さなくていいのか？　邪魔なら俺、外出るし」

「そんなことしなくて大丈夫だから」

私は半分意地になって、勢いのまま通話ボタンを押した。

「おはようございます。小柳です」

思いのほかすぐに小野田さんが電話に出たので、心臓が飛び跳ねた。そのことを碧斗に気づかれたくなくて、平静を装ってわざとゆっくりベッドに腰掛けた。パックをしているおかげで、緊張を顔から悟られる心配はないだろう。

「おはよう。まだ寝てた？」

「いえ、起きてました。すみません、気づかなくって……」

「起きたっていっても、ついさっきだけどな」

私の会話を聞いていた碧斗が噴き出しながら、ちゃちゃを入れる。私は上目遣いで睨むが、今度はパックが災いして、碧斗は私の視線に気づかない。

「誰かいるの？」小野田さんは電話越しに人の気配を察したようだ。「もしかして碧斗？」

「……はい。そうです」

「土曜なのに、こんな早くから仕事？」

「いえそういうわけじゃないんですけど……」

「まさか夕べのホテル？」

碧斗がそばで聞いているので、嘘をつくわけにもいかない。

「はい。じつはあれから帰れなくなってしまって……」

電話の向こうで、小野田さんが息をのむのがわかった。それっきり口を閉ざしてしまい、しばらく居心地の悪い時間が流れた。ようやく耳元に低い声が聞こえてきた。

「社長と秘書って、そこまでしなきゃならない関係なのかな?」

小野田さんの口調はいつもと違った。

「いえ……そういうわけじゃないと思いますけど……」

「碧斗のヤツ、自分の立場を上手く利用してるんじゃない?」

思わず碧斗のほうを見た。碧斗は私の歯切れの悪さに何かを感じ取っているのだろう。電話を寄越せとジャスチャーしている。

でも、私はそれを拒否して小野田さんに言った。

「碧斗はそんなことしません。昨日は本当にそうするしかなかったんです」

「そっか……。何もされてない?」

「何もって……されるわけないじゃないですか」

思わずベッドから立ち上がっていた。

「ごめん、変に勘ぐって」

小野田さんは普段の穏やかさを取り戻したかのように思えたが、呟くように言った。

「こんなことならやっぱり、僕と君とでその部屋を使えばよかった……」

私は返事に困って黙り込んでしまった。すると、一度はあきらめた碧斗が、私のスマホを奪い取った。

「そろそろチェックアウトだ。長電話なら後にしろよ」

「ちょっと、碧斗！」

奪い返そうとするが、碧斗は背を向けて私を払いのけると、勝手に話を続けた。

「お前、こんなことでいちいち目くじら立てんなよ。俺と芹香が一緒にいるなんて、いわば当然のことだろ。そう、仕事上な。だけどな、今、その境界線はあるようで、ねぇんだよ」

碧斗がなんのことを言っているのか、私にはピンときた。

「ちょっと碧斗、返して」

碧斗の耳元に手を伸ばすがことごとくかわされる。

「今、コイツ。俺のとこにいるから」

スマホを取り返そうと伸ばしていた腕が行き先を失って力なく落ちる。知られたくないことを知られてしまった。

「コイツ、ヒモ男と別れたのはいいもののドジ踏みやがって、行き場をなくして、今、俺のとこに居候してんだよ」

碧斗の説明で、すべて明らかになってしまった。

「だから、いちいち一晩一緒にいたくらいのことでギャーギャー言われちゃ、迷惑なんだよ」

これで碧斗は自分の役目が終わったと思ったのか、私のほうを見ると、自分の耳からスマホを離した。

「説明しといた。後は上手くやれよ」

碧斗はスマホを私に投げて渡した。

私は呆然としながらそれを受け取ると、恐る恐るスマホに耳を当てた。

「もしもし、あの……」

「驚いたよ。碧斗と一緒に住んでるんだ？」

「……はい。いろいろあって……。ほかに頼るところがなくて……」

動揺が激しくて、これまでの経緯を細かく説明する気力は残っていなかった。

小野田さんは黙ったままだ。それでも私は、彼の言葉を待つことしかできなかった。

しばらくして口を開いた小野田さんの口調は思いのほか明るかった。

「君が碧斗を頼るのって、やっぱり碧斗が家族のようなものだから？」

碧斗は家族ではないが、たしかに私にとっては頼りになる存在に変わりない。

「一緒に暮らそうなんて発想はやっぱり家族だからだよね。そうじゃなきゃ、普通は好きでもない人と一緒に暮らすなんてできないと思うから」

小野田さんは私が答える前に自ら結論を出すと、理由はわからないが、小さく笑った。

「ごめん、僕のほうは仕事だから。また連絡する」

そして、最後に「碧斗によろしく」と意味ありげに言うと、電話が切れた。私はスマホを握った手を膝に落とした。まるでそれに合わせるように、私の顔に貼り付いていたパックは水分を失い、自然と剥がれ落ちた。

「……碧斗によろしくって」

「別によろしくされることは、なんにもねぇけどな」

碧斗は何事もなかったかのように言うと、「パック、落ちてるぞ」と私を笑った。

「わかってるわよ」

私は乾いたパックを丸めると、洗面所へ戻ってあり合わせのメイク道具で手早く化粧を済ませた。

ホテルを出て、碧斗の運転でマンションに帰る車中、私は小野田さんの言葉を振り返っていた。

〝普通は好きでもない人と一緒に暮らすなんてできない〟

その考えには私も同感だ。しかし、実際の自分は何の違和感もなく、碧斗と生活を共にしている。それは他人から見れば、おかしなことなのだろう。そのことに初めて気づかされた。

あのとき、迷わず私が碧斗を頼りにできたのは、弟のような存在だから――。

「そう……だよね……」

「何か言ったか？」思わずこぼれた心の声に碧斗が反応する。

「ううん、何も」

私はそう返事をして窓の外を見た。遠くに春らしい青空が広がっていた。そんな雲一つない青空とは対照的に、自分の心の中には薄い雲が広がっていて、どこかすっきりしなかった。

〝好きでもない人と一緒に暮らすなんて〟

私は車の窓を開けた。髪が風になびいて顔に絡みつく。

「私にもできないな……」

私は声が風にかき消されることを知りながら呟いた。

そのまま流れる景色を眺めていると、隣で急に碧斗が笑いだした。

「どうしたの？」

「今頃、小野田のヤツ、焦ってるかもしんねぇな。アイツのことだから、俺のところに住むくらいなら、自分のところに住まねえか、とか言い出すかもな。どうする？　そんなことにでもなったら」

「そ、そんなの無理だよ！　一緒に住めるわけないじゃない。第一、小野田さんがそんなこと言い出すとは思えないし……」

勢いよく答えたせいで思わず息が上がる。

碧斗は「へえ……」と意味ありげな声を上げ、勝ち誇ったように言った。

「俺とは住めて、アイツとは住めねぇんだ？」

「当たり前でしょ！」

「なんで？」

「なんでって……」

碧斗の〝なんで？〟の一言に、私の鼓動が急速に速まっていく。小野田さんに告白されたときに〝小柳さん、かなり鈍いね〟と言われたのと、同じ空気を感じたからだ。

「だって……碧斗と小野田さんじゃ、全然違うじゃない」

「どこが？」

「どこがって……」

碧斗と私は、家族みたいなもの――。

私はそれを言葉にすることをためらった。すると、碧斗のほうが私の代わりに口にした。

「俺たちは姉弟みたいなものだからか？」

心の奥に何かが沈んでいくのを感じた。それは寂しいような、言葉にできない妙な感覚だった。

「それも……あるかもね……」

私はそう答えて再び窓の外へ顔を向けた。

それから私たちの間に会話があったのか、なかったのか覚えていない。気がつけば、マンションに帰り着いていた。

そして、特に変わることなく、二人で週末を過ごした。

もっとも、碧斗は土曜こそ自宅にいたものの、日曜には視察と得意先への挨拶だと言って、一人で岐阜へ出かけた。

その間、私はどこか落ち着かない気持ちのまま、ひたすら家事に勤しんだ。何かをしていれば気が紛れたからだ。おかげで、家の中はすっかりきれいに片づいた。

けれど、私の気持ちをさらに揺さぶる出来事が、翌週に待っていた。

第三章　赤ルージュのため息

碧斗とホテルに泊まった日から数日が経った。まるで嵐が過ぎ去った後のように、私は平穏というか、何事もない日々を送っていた。あれから小野田さんからの連絡はなく、碧斗との関係も特に変わったところはない。

〝碧斗と暮らし始めたら料理が上手になる〟という予感は今のところ外れたままだが、ひとまず味噌は購入済みで、朝は和食、会社へは私が先に出社、という決め事は続いていた。

今朝も碧斗より一足先に出社すると、千穂美ちゃんがいち早く私に気がつき、明るく声をかけてくれた。

「あ、芹香さん、おはようございます」

「おはよう、千穂美ちゃん」

千穂美ちゃんの爽やかな声は一日の始まりにふさわしく、彼女との挨拶はもはや日課となっている。

「若いとやっぱり声にも張りがあるんだよね」

「何言ってるんですか！　差なんてないじゃないですか」

「千穂美ちゃん、それ嫌味？」

私がふてくされて見せると、彼女は自分の正しさを強調するように続けた。

「嫌味じゃないです。芹香さん、最近、肌、綺麗になったんじゃありません？　化粧品、どこのですか？」

「嘘？　ウソ、ウソ。おだてても乗らないからね。綺麗になんてなってないし、化粧品も、そんなに高いもの使ってないから。この間なんてこの年でメイク落とさず寝るっていう失態を犯しちゃったんだから。ホント、オジサンよね」

「わ、それはダメですね。飲み会ですか？」

「あ、うん……そんなとこ。この年になると、取り戻すの大変だから気をつけてたんだけどね。千穂美ちゃんはまだそんなこと気にしなくたって平気でしょ？」

「いえ、もちろん平気じゃないですよ。年齢は関係ありませんよ」

「……そう？　そういうもん？」

「だって、若くても肌の荒れてる女性なんてたくさんいますよ。逆に年を重ねてても、肌年齢の若い人はたくさんいますし。前にも言いましたけど、私の観察力すごいんですから」

彼女は、胸を張る仕草をした。その仕草にも若さゆえの可愛らしさがあって、うらやましく思いながら笑顔で応えた。

受付カウンターに置かれた時計を見ると、そろそろ碧斗が出社する頃だった。私は
「じゃあ、またね」と彼女に声をかけ、エレベーターホールに向かおうとした。

すると、彼女は声をかけた私ではなく、私の背後に向かって会釈した。碧斗だと思った私は、とっさに言い訳を考えながら、後ろを振り返った。

「あっ……」

「おはよう、小柳さん」

そこに立っていたのは小野田さんだった。

「おはようございます。どうされたんですか？」

小野田さんが会社に姿を見せるのは、月に一度の定例会議があるときにほぼ限られる。しかも、夜遅くまで仕事が入っているため、小野田さんが朝からここにいることは、不自然に思えるくらい珍しいことだった。

「うん、ちょっと」

「社長に御用ですか？」

「うん。もう来てる？」

「いえ、もうすぐだと思います」

「来るときは一緒じゃないんだ？」

小野田さんの言葉に、思わず私は千穂美ちゃんの顔を見た。けれど、彼女は私を見て首を傾げている。きっと、想像を超える話のため、一緒に暮らしているというところまで考えが及ばないのだろう。私も彼女に倣《なら》って首を傾け、話がわからないふりをした。

このままここにいると、悪気がなくても、小野田さんが何を言いだすかわからない。私は先ほどの問いかけには答えず、「とりあえず七階へ」と彼を社長室へと促した。

小野田さんが了承すると、私は千穂美ちゃんに目で挨拶をして、エレベーターホールに向かって足を踏み出した。そのときだった。彼女が先ほどと同じように、私の背後に向かってお辞儀をした。つられるように振り向くと、碧斗だった。

「おはようございます」

先に挨拶したのは千穂美ちゃんだった。私は目の前の状況に動揺してしまい、挨拶が遅れるだけでなく、話し方もぎこちないものになった。

「お、おはようございます」

その様子を見て、小野田さんが笑いを堪えながら言う。

「一応、会社でも挨拶するんだ？」

私が返事に困っていると、碧斗が私に尋ねた。

「どうした？　今日は何かあったっけか？」

「いえ、特に予定は……」

そう答えてから、小野田さんに確認するように視線を向けると、彼は「うん、特にないんだけどさ」と軽い調子で答えた。

「用もないのに、ここに来るほど暇じゃねぇだろ？」

小野田さんは黙ったまま、千穂美ちゃんに一瞬目をやった。部外者である彼女の存在を気にしていることを察した私は、改めて小野田さんと碧斗を社長室へ促そうとした。

すると、私が口を開くより先に、小野田さんが話し始めた。

「昨日、久しぶりにゆっくり休みを取れたから、僕も企画を考えてみたんだ」

「お前が？　どういう風の吹き回しだよ」

「一応副社長って肩書をもらってるしね。たまには、料理人の僕ならではの視点で何か提案できないかって考えてみたんだ。まあ、企画については素人だから、ここから先はお願いしたいけど」

「へぇ……。やけにやる気じゃねぇか」

「まあね。大切な人ができると、仕事にもやりがいが出るっていうことなのかな」

小野田さんはそう返事をしながら私を見た。困ってしまって私が顔を伏せると、目を丸くしている千穂美ちゃんの顔が視界の端に入った。

「そりゃ、会社にとってもありがたい」

碧斗の返事に彼は「だろ？」と笑い、封筒を手渡した。

「でも、わざわざ朝からとは熱心だな」

封筒を受け取った碧斗の言葉には、少し嫌味が込められているようにも聞こえた。

「やっぱり碧斗に嘘はつけないな。お察しのとおり、企画は口実。小柳さんが心配で、顔を見たくなったっていうのが、本当のところ」

「熱心なのはそっちか」

碧斗がため息交じりに呆れた様子で言った。

「熱心というか、心配にもなるだろ。気にかけてる女性がほかの男と一緒に暮らしてるなんて知ったらさ。だから、碧斗にも釘を刺しておこうと思って。くれぐれも変な真似はしないでくれよ」

「副社長！」

「そんな心配なんかしなくても、手なんか出さねぇけど。まるで、もう自分のものになったみたいな言い方だな」

「社長！」

私が口を挟んだのは、隣にいる千穂美ちゃんが状況をのみ込めず、呆気《あっけ》にとられていたからだ。

けれど、右往左往する私の思いは通じることなく、小野田さんは落ち着いた口調ながらも、きっぱりと言い切った。

「まあ今はまだ自分のものではないけれど、近いうちにそうしたいと思ってる」

彼の言葉はいつものように落ち着いているだけではなく、意気込みのような力強さがあった。私は二人きりなら間違いなく顔を赤くしているセリフに心の耳を塞ぎ、顔を伏せたまま切り出した。

「あの……そろそろほかの社員も出社してくる頃ですから……。ねえ、立入さん」

別の社員が出社したとき、ロビーでのこの状況は明らかに違和感があるだろう。少なくとも、同じ会社の仲間には見られたくなかった。私が同意を求めて彼女を見ると、彼女はうつろな目でうつむいていた。

「千穂美ちゃん？」

もう一度私が呼ぶと、彼女は我に返ったように顔を上げた。

「え？　あ、はい。そうですよね」

彼女は少し噛み合わない返事をしながら小さくうなずいた。その笑顔はいつもより輝きを失って見えた。

「僕はもうこれで。少し早いけど店に行くから。小柳さん、またね」

「あ、はい。お疲れさまです」

私はぎこちない笑顔を返した。

「じゃあな、碧斗」

そう言って、小野田さんは正面玄関に向かって歩き始めた。私が迷いながらも見送りに駆け寄ると、小野田さんは私に戻るように言い、代わりに碧斗を呼んだ。

碧斗は面倒そうな様子を見せながらもそれに従い、二人で肩を並べて正面玄関まで歩きだした。

二人が何を話しているかはわからないが、お互いに顔を見合わせることなく、そのまま扉の向こうに出ていった。

その後ろ姿を呆然と見ていると、隣から遠慮がちな視線が送られていることに気がついた。

「芹香さん……」

彼女の上目遣いには慣れているが、その目が少し潤んでいる。

「千穂美ちゃん？」

「あの……私、何がなんだか……」

当然だ。彼女がどこまで理解したのかは不明だが、混乱させてしまったことは確かなはずだ。

「びっくりさせちゃったよね……ごめんね、正直私も混乱してて……」

彼女に何から説明すればいいのか考えあぐねていると、碧斗が戻ってきた。碧斗は私たちを見ようともせず、素通りした。私は「ごめん、また話すね」と言って胸の前で手を合わせると、急いで碧斗の背中を追いかけた。

エレベーターの前でボタンを押して待つ。エレベーターが到着するや否や、碧斗を先に通した。狭いエレベーターの中は沈黙に押し潰されそうなほど息苦しかった。

そのとき、静まり返っていたエレベーターに、突如大きな音が鳴り響いた。私は驚きのあまり悲鳴を上げた。それは碧斗が私の顔の真横の壁に手をついた音だった。

碧斗は私を壁際へ追いやり、逃げられないように距離を詰めた。視線の先には碧斗のシャープな顎がある。ゆっくりと視線を上げると、私を見下ろす碧斗の目がいつにも増して冷たく光っていた。

「な、なんですか……？」

すると、碧斗は自分の腰をゆっくりと曲げて顔の位置を下げ、私と真正面で顔を見合わせた。

「驚いたな。お前と小野田がそういう仲だったとは」

「なんですか？　そういうって……」

そのとき。碧斗の視線が私の唇をとらえた。それに気づいたとき、私の身体に痛みにも似た電流が走った。私はとっさに片手で唇を隠した。

「どういう仲でもないです。誤解しないでください。あれは小野田さんが急に……」

「……されたんだな」

碧斗の口元は笑っているのに、冷たい目は相変わらず笑っていない。

「お前に会いたいがために企画書まで作って、アイツ、相当お前に惚れ込んでるな」

碧斗はうっすらと笑いを浮かべると、体勢を整え、何事もなかったかのように扉の方を向いた。

エレベーターが七階に到着すると、碧斗は扉が開くなり大股で歩きだした。

「ホントに……本当に急だったんだから！　私にはどうにもできなかったの!!　ちょっと、碧斗、聞いてるの？」

するると、碧斗は突然立ち止まって振り返った。

「ここは仕事場だ。碧斗じゃなくて〝社長〟だろ」

そう言い放つと、また歩きだした。身震いしそうなほど冷たい声だった。私はすぐ謝ったが、碧斗はさっさとフロアに入ってしまい、その声は届かなかった。

私は慌てて碧斗を追い抜かし、自分のデスクにバッグを置いて社長室に入ると、すぐブラインドを上げた。部屋を明るくし、空調も整えて部屋を見渡す間に、碧斗が椅子に座って背を向けた。

「すぐにお茶をお持ちします」

声をかけたが、碧斗は窓の外を見たまま返事をしない。私は碧斗の後ろ姿にお辞儀をして社長室を出た。

ほうじ茶を淹れながら、今朝の短い時間に起こった出来事を振り返る。けれど、頭の中は混乱したままだった。

「お待たせしました」

碧斗はすでにパソコンでメールの確認を始めていた。ほうじ茶をデスクに置いても、相変わらず反応がない。その態度は思いのほかこたえた。私はお辞儀をしたまま顔を上げられず、うつむいたまま碧斗のデスクから離れた。

ほうじ茶を手に自分のデスクに戻り、ため息をつく代わりに何度もほうじ茶の香りを吸い込んだ。それでいったん気分を落ち着かせて、再度、社長室に行ってスケジュールの確認を行った。

一日のスケジュールを読み上げると、碧斗は無言のまま、右手を挙げた。なんとか確認が取れたので、いつものように千穂美ちゃんに連絡を入れた。

「はい、受付、立入でございます」

普段どおりの柔らかい声が聞こえたものの、やっぱりどことなく元気がない。彼女もまだ朝の出来事を引きずっているのだろうか。申し訳ないことをしたと思って謝ると、彼女の声はさらにトーンを落とした。

「千穂美ちゃん、大丈夫？」

「……はい、大丈夫です」

彼女はそう言うと、「すみません。お客さまがお見えになったのでかけ直します」と、声をくぐもらせ、早々に電話を切ってしまった。

彼女の様子が気になったものの、私も受話器を置くとすぐに外線が入ったので、否が応でも気持ちを切り替えざるを得なかった。


久々に吹き荒れた嵐は朝の一件で収まらず、やっと落ち着きかけたと思った午後になっても猛威を奮った。それは一本の電話から始まった。

「はい。サムシングブルー社長秘書室です」

外線からの電話には、ナンバーディスプレイで相手を確認するのが習慣になっている。得意先でやり取りの多い相手はだいたい下四桁でわかる。このときは私の記憶では判断しかねる携帯番号だったので、少しかしこまって電話に出た。

知らない相手からの電話には神経を使う。相手の社名や名前などを聞き間違えないようにするのと、セールスや怪しい電話であれば、この段階でシャットアウトしなければならない。

「ああ、君が……碧斗の、永友社長の秘書かね?」

「はい。秘書の小柳と申します」

名乗らない相手に先に自己紹介をする羽目になった。

「恐れ入りますが……」と名前を尋ねようとすると、ようやく相手が名乗り出た。

「ああ、常盤。常盤と申します」

電話をかけてきたのはトキワ電産の常盤社長だった。

私自身は常盤社長の声をずいぶんと久しぶりに聞く。常盤社長は碧斗が先日お土産として持参したコーヒー菓子について礼を言い、しばらくその話題で雑談を交わした。頃合いを見計らって、碧斗は外出中であることを伝えると、常盤社長から思いがけない返事が戻ってきた。

「いや、今日は碧斗じゃなくて君に用があってね」

彼は先ほどから碧斗のことを親しげに呼ぶ。いや、問題はそこではない。

「私……でしょうか？」

思い当たることがなく、私は受話器を持ったまま首を傾げる。用件を聞こうとすると、常盤社長が先に切り出した。

「碧斗の見合いの件なんだけどね」

彼の前置きに私は声こそ上げなかったものの、眉間にシワを寄せた。

「永友のお見合いですか？」

「ああ、その件で。碧斗から午前中に連絡をもらったんだが、詳細は君に連絡してくれと頼まれてる。碧斗も相変わらず忙しいんだな」

常盤社長は電話口で声を上げて笑うと、話を続けた。

「じつは碧斗に前々から見合いの話をしてたんだが、まったく相手にされなくてね。この前、東京に来たときも、案の定、見合いは絶対にしないと断られたよ。いい加減しつこいかと思ってあきらめかけてたんだが、今日になって会うだけなら会ってもいいって連絡があったんだよ」

常盤社長は私の相づちを挟みながら流暢に語った。

「そうでしたか……」

「あれ？　碧斗、君には話してなかったのかな」

「あ、いえ。連絡が上手くいっていなかったようで申し訳ありません」

「案外あれで照れてるのかもしれないな。可愛いとこもあるじゃないか」

気をよくしたのか、常盤社長はもう一度声を出して笑った。

少しずつ事情は掴めてきたが、一緒に笑う気持ちのゆとりはなかった。私は鼓動の乱れを感じながら、静かに続きを待った。

「紹介したい女性というのは、じつは私の姪っ子なんだよ。以前うちの会社のパーティーに碧斗に顔を出してもらったときに偶然彼を見て、一目惚れしたんだな、碧斗のことが忘れられないって言うんだよ」

そのパーティーは私も覚えていた。私自身は参加しなかったが、出席を渋る碧斗を説得したり、お祝いの花輪を手配したりなどしたからだ。

「まあそれで、これはこっちの事情だが、彼女に碧斗に会わせてほしいってせがまれてね。彼女もいい年だから、ほかの男との付き合いも勧めたんだが、聞く耳持たずで弱ってたんだよ。だから、一度で気が済むなら……と思って碧斗に頼んでたんだが、彼は彼で頑《かたく》なでね」

常盤社長は今までの苦労話でもするように、私に経緯を説明した。

「まあ、今回のことは碧斗に連絡もらって、内心ホッとしてるんだよ。姪も一度会えば、碧斗がどんな男かわかるだろうから」

その意味深な言い方に私は眉をひそめた。

「あの碧斗の面倒を見るのは大変だろう？」

これで彼が何を言おうとしているのか察しがついた。

「いえ、そんなことは……」

「いいや。いいんだよ。私も同じだからわかるんだよ。いや、碧斗は私とはまた比べ物にならないか。あの年齢で会社をここまで育てるなんて、普通の男なら無理な話だ。やっぱり、クセが強いだろ？」

彼は電話口で声をひそめた。

碧斗にクセがあるかないかと問われれば、確実に〝ある〟というのが私の回答だ。一方で、少しくらいクセのある男でなければ社長業は務まらないというのが、碧斗を含め、多くの社長たちを見てきた私の持論だった。

もちろん、電話口の常盤社長も含めてのことだ。そして、そのことは常盤社長自身も自覚しているようだった。

「たしかにクセが強いといえばそうですが、クセは個性の裏返しとも言えますし。私は個性がない男性より、ある男性のほうが素敵だと思います」

私の言葉に彼は「上手いねぇ」と唸るように言った。

「さすが碧斗の秘書だね」

「いえ、とんでもございません」

私は受話器を耳にしながら、姿の見えない相手に対して首を左右に振った。

「碧斗が今まで私の頼みを断り続けてきたのは、好きな女性でもいるからだろうと思っていたが、君のような有能な秘書がそばにいるからかもしれないな。会社の社長をしているような自分たちは気難しいところもあるし、こだわりも強いし、一番は……そう、わがままだからね。相手に合わせるより、合わせてもらうことに慣れているから。碧斗も君といると痒《かゆ》いところに手が届くんだろう。ほかの女性じゃ難しいのかもしれないな」

そして、彼は数秒開けて「結婚する気がなさそうなのも、そのせいかもしれないな」と付け足した。

「どうでしょう。永友に特別な女性がいないのは、今まで仕事を優先してきたからかもしれませんけど」

私が曖昧に返事をすると、笑い声が耳元に届いた。

「まあ、今回のことは見合いといっても、そんな大袈裟なものじゃないから。君にも厄介《やっかい》になるけどよろしく頼むよ。早速彼女に連絡して、日程の候補日を決めておくから。碧斗からスケジュールのことは君に任せてあるって言ってたから、また連絡させてもらうよ」

常盤社長はすっかり話し終えると、ゆったりとした口調で満足げに締めくくった。

「こちらこそ、よろしくお願いします」

私の挨拶で私たちは長い電話を終えた。

受話器を置いてもなお、私はぼんやりと電話機を眺めていた。放心していたと言ってもいい。自分でも常盤社長との会話を最後まで続けられたことが不思議なくらいだった。

そして、この話を聞いて、こんなにも衝撃を受けている自分自身に戸惑いを隠せなかった。この感情は果たして〝姉〟としてのものなのだろうか。

秘書というのはどんな状況でも落ち着いて対処しなければならない。そういった意味では、これだけ動揺しながらも私は碧斗の秘書としては上手くやれたということなのだろう。しかし……。

しなければならないことは山ほどあるのでぼんやりばかりしていられないが、次のアクションを起こすまでに時間がかかった。

「何、ボケっとしてんだよ」

突然の声に私は驚いて、肩を震わせた。

「社長、いつからそこにいらっしゃったんですか?」

私は思わず立ち上がった。

「今戻った」

「すみません、気づかずに……。電話中でした。常盤社長と……」

少しの間、沈黙が流れる。私は、碧斗がすぐにその場を動かないので思い切って口を開いた。

「お見合い……されるんですね」

「見合いなんて大袈裟なもんじゃねぇよ」

「でも……」

常盤社長も同じように軽く考えているようだったが、私は何か言いようのない不安を覚えていた。

「先方の姪御さんは、社長にずいぶんご執心のようですけど……」

「そう聞いているが、どうだか。俺のほうは顔も知らねぇんだし」

碧斗は素っ気なく答えると、口をつぐんで何かを思案しているようだった。そして、ゆっくりと私へ顔を向けた。

「お前、もしかして気になってんの?」

「えっ? いえ、そういうことじゃありませんけど……」

「だよな」

短い言葉を残して社長室に戻ろうとする碧斗を、私は無意識に呼び止めていた。

「社長……」碧斗が振り返る。「どうして……急にお見合いする気になったんですか?」

碧斗と視線がぶつかり合う。目をそらさないように、頬の筋肉に力が入る。

ほんの数秒間が何分にも感じられ、思わず唾を飲み込んだ。このまま碧斗と目を合わせていると、鼓動の乱れを見透かされてしまいそうな気がした。とうとう堪え切れずに、目をそらそうとすると、碧斗がそうさせまいというように口を開いた。

「さあ……。別に理由なんてねぇよ」

待った挙句の答えになっていない答えに、私は脱力してしまった。かろうじて「そうですか……」と気の抜けた返事をするので精いっぱいだった。

碧斗はそんな私の様子に気づいたのだろう。言葉を足した。

「今まで闇雲に断ってたけど、会えば案外気が合ったりするかもしんねぇし」

「まあ、そうかもしれませんけど……」

「だろ？　俺もそろそろ考えてもいい年だしな」

その言葉に、私は碧斗の顔を見上げる。

「考えるって……」

それ以上言わせるなというように碧斗が睨む。

「もしかして、結婚ですか？」

「ブライダル企業のトップがいつまでも独身ってわけにもいかねぇだろ」

「それは……」

すると、碧斗がそれまでとわずかに表情を変えた。

「このままだと小野田に先越されそうだしな」

「えっ……」

碧斗が口角を上げる。なのにやはり目は笑っていなかった。

「後は任せた」

そう言って社長室へと入っていった。

私は自分の口にした「かしこまりました」が、普段よりもさらに事務的な言い方になっていることにも気づかず、お辞儀をした。

元の姿勢に戻るまで何秒かかったかわからない。私は手探りで椅子を引き寄せると、力を失った身体を預け、しばらくの間、目を閉じた。

その後は仕事を単々とこなし、定時から三十分過ぎたところで、予定していた仕事をなんとかやり終えた私は、精神的な疲れも感じていたため、今日は上がることに決めた。碧斗はまだ奥で大量の報告書に目を通しているが、それが終わり次第帰宅すると言っていた。碧斗より先に私だけ帰宅することは珍しいことではない。

碧斗に挨拶をする前にデスクの上を片づけていると、内線電話が鳴った。

「こんな時間にすみません」

相手は千穂美ちゃんだった。受付嬢は普段は定時で業務を終える。通常はこの時間に連絡が来ることはないはずだった。

「どうしたの？　今日はこんな時間まで。社長にお客さま？」

私は時計を見ながら尋ねた。もちろん、この時間に来客の予定はない。

「いえ、そうじゃないんです。芹香さんとお話をしたかったんですけど、携帯の番号がわからなくて……。社長室にはとても行けませんし、この回線をお借りしてしまいました……すみません」

「あ、ごめん。番号、もう教えてるつもりだった。……で、私と……話って？」

「はい。相談……のようなものです」

「そっか。じゃあ……」私は社長室のドアを見た。「夕飯でも一緒に食べながらでどうかな？」

「私は構いませんけど、芹香さんは大丈夫なんですか？」

「うん、大丈夫。私も今朝のこと、ちゃんと話したかったから」

「社長はよろしいんですか？」

彼女は遠慮がちではあるものの、念を押すように言った。

「大丈夫だよ。心配しないで」

彼女はもう着替えも済ませてあるとのことなので、ロビーで待っててもらうことにした。私は受話器を置くなり、社長室のドアをノックした。

「社長」

私の呼びかけに資料に目を通していた碧斗が顔を上げる。「何だ？」とひとことだけ言うと、再び資料に視線を戻した。

「今日は先に上がらせていただいてもよろしいでしょうか？」

碧斗がもう一度私を見上げた。

「ちょっと約束ができたので、外で夕飯を済ませて帰ります。……あ、受付の立入さんとです」

「別に理由なんて聞いてねーけど」

そうだろうか。無言の視線は明らかに私に理由を尋ねていた。

私は電気を消して帰るように碧斗に念を押した後、自分のパソコンの電源を落とすと、千穂美ちゃんの待つロビーへと向かった。


ロビーでは千穂美ちゃんが壁に背中を預けながら、ポツンと一人で待っていた。

「待たせちゃってごめんね」

「忙しいのにすみません」

「ううん、大丈夫」

私たちは彼女の勧めで、近くの焼き鳥屋に向かうことになった。

「千穂美ちゃんと焼き鳥屋ってイメージが繋がらないけど、こういうお店にも来たりするんだ？」

「来ますよ。私、すごく好きなんです」

「そうなんだ？　意外だね。服に匂いがついちゃうけど、大丈夫？」

「全然平気です。芹香さんこそ大丈夫ですか？」

「私もまったく平気。私も焼き鳥大好きなの」

千穂美ちゃんとの初めての食事に、日中落ち込んだ気分も徐々に回復し、彼女の飾らない一面に顔が綻ぶ。ビールと焼き鳥を注文し、心もほぐれてきたところで、なかなか話を切り出そうとしない彼女に代わって、私から話を振った。

「今朝は驚かせてごめんね。千穂美ちゃんの相談て……もしかして、朝のことが関係してる？」

「あ、あの、はい……」

彼女は改まって背筋を伸ばした。

「ごめん、いろいろ混乱させちゃったよね。あのときは私もびっくりしちゃって」

私から話を促したのは正解だったらしい。ようやく彼女は決意を固めたように話し始めた。

「今朝の話なんですけど……芹香さん、社長と一緒に暮らしてるって本当ですか？」

彼女は真っすぐ核心からついてきた。だから、私もごまかしがきかず、正直に話した。

「じつは……本当なの。ワケあって、前に住んでたアパートを出なきゃいけなくなっちゃって。急なことで困ってたら、社長が声をかけてくれたの」

淡々と答えているつもりだが、横から注がれる彼女からの強い視線が無言の圧力となって落ち着かない。その先を急かされているようで、私は一気に話し始めた。

「ほら、以前に話したことがあると思うけど、私たち幼馴染だから。社長……っていうか、碧斗にとって私は、ずっと姉みたいなものだったの。だから、子どもの頃に面倒を見たぶん、恩返しをしてくれるって言ってくれて。で、私もありがたく甘えさせてもらってるの。あ、でも、一緒に住んでるというより、完全に私が居候してるだけなんだけどね」

いつの間にか、私は目の前のグラスを両手で強く握りしめ、自分の手元を見ていた。

そのことに気づいて手の力を緩めると、笑顔をつくって彼女の顔を見た。

「そうだったんですか……」

彼女は真っすぐに伸ばしていた背筋を少し緩め、グラスに手を伸ばした。

「すみません。私、変な嫉妬しちゃって……」

彼女の言葉に私の耳からは居酒屋特有のざわめきが消えた。私の中で小さな沈黙と混乱が生まれる中、彼女はいつも受付で見せるあの笑顔を私に向けた。

「芹香さん……」

彼女からの視線に一度緩んだ頬が再び緊張する。その先の言葉を待って鼓動が激しく脈打つ。

「私、社長のことが……」

そこまで聞けば察しはつくし、確信さえ持てるはずなのに、私は確かめずにはいられなかった。

「好き……なの？」

彼女は照れながらこくりとうなずいた。

「そうなんだ……。全然知らなかった」

彼女に秘密を打ち明けられて、嬉しいような、そうでないような複雑な気持ちだった。昔、友達と恋愛話で盛り上がった頃のようには、はしゃげなかった。きっと年のせいもあるのだろうと、どうでもいいことが頭にぼんやり浮かんだ。

ぼやけた視界の奥から、店員が先ほど注文したつくねの皿を運んでくると、私はそちらへ焦点を合わせて、そのままテーブルに届くまで目で追った。そして、皿を受け取ると、二人で串に手を伸ばした。

つくねを噛みながら「美味しい」と、鼻から抜ける声を出すと、彼女は微笑んで「身の程知らず……なんですけどね」と呟くように言った。

「社長のこといつから好きだったの？」

私が尋ねると彼女は両手で顔を隠しながら、指の隙間からのぞかせた大きな瞳を、何かを思い返すかのように斜め上に動かした。

「あのビルに派遣されてからすぐです」

「じゃあ、最初からだったんだ？　さては一目惚れ？」

「そうかもしれません……」

彼女の頬がアルコールに関係なく赤く染まる。

「でも……初めてお目にかかったときから、そばにはいつも芹香さんがいて……。じつは何度もあきらめようとしたんですよ」

「私が……いたから？　どうして？」

「二人で並んでると、いつもお似合いでしたし」

「お似合いって……私たち、そんなんじゃ……」

「それはわかってますけど」

彼女はきっぱりと言い切った。

私は思わず、心の中で苦笑いを浮かべた。私と碧斗はお似合いだと思われながら、その関係をすぐに打ち消される間柄だということなのだろう。

「でも、初めてお二人のことを見る人は絶対に勘違いしますよ。みんな言ってますから。芹香さん、気づいてないんですか？」

「みんながそう言ってることを？」

「それもありますけど、永友社長はサムシングブルーの社員さんだけじゃなくて、このビル内の女子の人気の的です」

「あの碧斗が？　あ、ごめん。社長が？」

「やっぱり近くにいすぎて気づかないことって、本当にあるんですね」

彼女が可笑しそうにクスクスと笑う。

「そう？」

「だって、永友社長を食事に誘った女性、何人もいますよ」

「えっ？　そうなの？」

「でも、みんな断られちゃってますけどね」

きっと酔いのせいもあるのだろう、彼女は自分のことでもないのに悲しげに言うと、今度は拗ねるように唇を尖らせて言った。

「だから、余計にみんな、社長と芹香さんの関係を疑っちゃうんですよ」

「そんなこと全然知らなかった……」

彼女は半分呆れたように眉を下げ、大人びた笑顔を見せた。そして、自分の目の前のグラスを見つめ、ゆったりと微笑んだ。

「でも、よかった。芹香さんがそのことに気づいてないのって、本当に社長を意識してないってことですよね」

「えっ？」

「だって、普通好きな人のことには、自然とアンテナを張るものじゃないですか」

彼女はアルコールが利いてきたのか、アンテナを模して、陽気そうにおでこのあたりから人差し指を突き出すような仕草をした。そして、含み笑いをしたままグラスを口に運び、気持ちよさそうにビールを喉に流し込んだ。

「もしかして、芹香さんのアンテナは小野田副社長に向いてるんですか？」

「副社長⁉」

「今日の朝の様子を見る限り、少なくとも副社長のほうは完全に芹香さんに向いてますよね」

「そんなこと……」

その先が続かない。彼女はそれを見透かしたように上目遣いで私を見る。

「〝ない〟って言えないってことは、自覚あるんですよね？」

「千穂美ちゃん、完全に酔ってるでしょ。目が怖いもん」

いつもは見せない彼女の〝攻め〟の姿勢に、私はたじたじになりながら彼女を軽く睨んだ。

「ごまかしたってダメですよ。ひょっとして、副社長とはもう両想いなんじゃないですか？」

彼女は胸の前で手でハートを作ると、胸の前から私に向かって腕を伸ばした。いつもは大人しい彼女も、お酒が入ると陽気で明るくなるらしい。

「あんまり飲みすぎないでよ。副社長はたしかに素敵な人だけど、そんな感じじゃないし」

「あ、認めましたね」

「認めてないでしょ。素敵な人って言っただけ」

「あ、二回も言いましたね」

はしゃぐ彼女の横で、私は肩を落としてため息をついた。

「私のことより、今日は千穂美ちゃんが話したかったんでしょ」

私は彼女の攻撃をかわすように、本来の話題に戻した。

「私ですか？　私はもう満足しましたよ。芹香さんに打ち明けられて」

彼女は満足げに言うと、グラスを持ち上げて豪快にビールを流し込んだ。

「私に打ち明けるだけで満足なの？　社長には？」

私が顔をのぞき込むと、彼女はグラスを置いて私を見た。

「いつかは打ち明けられたらいいなって思います。だけど……」

「だけど？」

「初めから身の程知らずだってわかってますから。社長のような方なら、もっとふさわしい人がいて当然ですし……。でも、今は見てるだけで幸せです。毎日会えるんですから。こんな私でも、いつかは告白できたらな……って思ってるんですよ。もちろん、ダメ元ですけど」

そう言って、彼女は少し寂しそうな表情をしながら付け加えた。

「ダメでもちゃんと気持ちを伝えて、それで終われたら、きっと後悔はしないんじゃないかと思うんです」

そう言い切った彼女の笑顔は清々しかった。

「千穂美ちゃん、すごいな……」

「すごくなんてないですよ。ただ、永友社長のことが好きなだけなんです」

最後にそう締め括《くく》ると、いつも以上に爽やかな笑顔を見せた。

私はグラスを握り、ビールを飲んだ。喉の奥に染みていく苦みが、ほんの少し痛みに変わる。そのせいだろうか、なぜか目頭が熱かった。

その後、彼女の勤める派遣会社の話やテレビドラマの話など、今朝の件とは無関係な話で盛り上がった後、お腹も心も満足したところで私たちは店を後にした。気づくと、三時間が過ぎていた。

思いのほか酔いが回っていて、駅まで二人でふらつきながら歩く。

「芹香さんと話していると、お姉ちゃんといるみたい」

「へえ、千穂美ちゃん、お姉ちゃんがいるの？」

「いえ、私は姉の立場で弟が一人。二人姉弟です。お姉ちゃんがいたらこんな感じなのかなって思って」

「そっかぁ。いいな。姉弟がいて。私、一人っ子だからうらやましい」

「さっき芹香さん、自分は社長の姉みたいなものだって、言ってましたよね？」

「うん。小さい頃、面倒見てたからね。ねえ、本当の弟ってどんな感じなの？」

「私より二つ下なんですけど、とにかく頼りないんですよ。いつまでも末っ子気分で私に頼ってばっかり。大人になったら変わるかと思って期待もしてたんですけど、全然ですよ。甘える特権があるみたいに思ってるんですかね、まったく」

　彼女はそう話すうちにすっかり姉の表情になっていた。

「……そうなんだ。結構大変なんだね」

「ホントですよ」彼女は腕組みして言った。「永友社長もあんなふうに見えて、じつは芹香さんの前では甘えん坊だったりするんですか？」

「えっ、碧斗が？」

　私は返事に困った。秘書に強引に誘われた時点で甘えられているといえばそうだが、こと、仕事については、私に甘えて無理難題を押しつけるようなことはない。今回の居候の件もそうだが、客観的に見て、今は私のほうが甘えさせてもらっていることが多いように思う。

「どうかな……。まあ、喜怒哀楽の〝怒〟だけは出やすいから、世話が焼けるところはあるけどね」

「あ、なんかうらやましいな。その言い方」

　彼女は私を見て唇を尖らせた。酔った彼女は細めのヒールパンプスだからか、足元が少々危なっかしい。

「千穂美ちゃん、危ないよ」

私は彼女の腕を支え、碧斗の話題をさりげなく打ち切った。

私はこのとき、彼女の話を聞きながら、ある違和感を覚えていた。実際に弟がいる彼女の話を聞くうちに、碧斗が本来の弟像に当てはまらないような気がしたのだ。弟はいつまでも甘えん坊で頼りなくて……。

しかし、碧斗はどうだろうか。ずっと弟だと思ってたのに、今は私の上司であり、会社の社長として、多くの部下をまとめて会社を仕切っている。さらにプライベートでは幼い頃とは逆に私の面倒を見てくれている。

今の碧斗は私の記憶にある弟像からかけ離れていた。

駅に着くと、千穂美ちゃんと私は、別々のホームに向かい、別々の電車に乗ってそれぞれ帰路に就いた。

千穂美ちゃんとの話が盛り上がったこともあるが、最寄り駅からマンションまで、ほろ酔い気分でのんびり歩いていたせいもあって、思った以上に帰宅が遅くなってしまった。

ドアを開けると、「ただいま」と声をかける。アパートで一人暮らしをしているときも、たいてい声に出していた。一人っ子だった私は、幼い頃、母がパートに出ていると、誰もいない部屋に帰らなければならなかった。その寂しさを紛らわすために身についた習慣だった。

碧斗からの返事がない代わりに、奥からテレビの音が微かに聞こえた。すでに帰宅しているようだ。私は自分の部屋には寄らず、リビングに直行した。

「ごめん、遅くなっちゃった」

碧斗はソファに座って、本を読んでいた。

「どっかで飲んだくれて倒れてんのかと思った」

碧斗と目が合うと、千穂美ちゃんと話していたときに覚えた〝違和感〟を思い出し、内心戸惑う自分がいた。

「外でそこまで飲まないから。碧斗こそ、飲んでないなんて珍しくない？」

テーブルにはコーヒーの入ったマグカップが置かれていた。一緒に暮らしてから目にする碧斗は、夜、読書をしているときは、晩酌していることが多かった。

私の問いかけに碧斗は返事をしなかった。そればかりか聞こえないふりをしているのか、開いていた本にすぐに視線を戻した。

テレビはついていたが、観てはいなかった。BGM替わりなのだろう。幼い頃、碧斗もよく一人で留守番をしていたことを思い出す。やはり寂しさを紛らわすために身についた習慣なのかもしれない。

私はそっぽを向いた碧斗から視線を伏せ、再びテーブルの上のマグカップに目をやった。ふとその意味を理解する。

「もしかして、飲まずに待っててくれたの？　どこかで飲んだくれて倒れてって……」

「別に……」

相変わらずの素っ気なさだが、いざというときには、車で迎えに来てくれるつもりだったのかもしれない。

碧斗は本を膝の上に置くと、大きく伸びをした。

「夕飯、ちゃんと食べた？」

碧斗と向かって私もソファに腰を下ろす。

「食った。適当に」

「そっか……」

いつもと変わらない会話にも、少しだけ違和感が漂う。いや漂っているのは、自分の心の中でだけかもしれない。私は振り払うように、目を閉じて小さく首を振った。

すると、そのとき、私のスマホがメールの着信を知らせた。千穂美ちゃんからのお礼のメールだった。

「立入さんから」

私は短文を返信すると、自分でもどうしたいのかわからないまま、「彼女可愛いよね……」と、碧斗に聞かせるように独り言を言った。

けれど、碧斗は何も言わない。私はなおも彼女の話を続けた。

「ああ見えて彼女、結構飲めるんだよ。今日は私より飲んでて、少し酔っ払ってたかも。もちろん、酔ってても可愛いんだけどね」

「……あっそ。で、お前は飲んでねぇのかよ？」

「ううん。少しは飲んだんだけど……醒めちゃったみたい」

「さすが、大酒飲みは違うな。飲み直すか？」

「うーん、どうしようかな……」

飲み足りないのは確かだったが、碧斗と一緒に飲むのはどこか複雑な気持ちだった。碧斗が少しだけ遠く感じられたからだ。

目の前にいるのは、私が姉代わりをしていた頃の碧斗ではない。会社を率いる社長であり、そして、千穂美ちゃんの好きな人――。

「……アイスワイン、早く飲まねぇと、腐るからな」

突如碧斗が放った言葉に、智からボトルを守り抜いたときの気持ちを思い出す。碧斗と一緒に飲む約束をした特別なワインだ。

「ワインは腐らないよ」と呟いた後で、私は思い直して笑顔をつくった。

「やっぱり、飲もっか？　常盤社長に感想も伝えなきゃいけないし」

碧斗のお見合いの件で、常盤社長と碧斗が顔を合わせる日も近いだろう。ワインの話題になったとき、碧斗に恥をかかせたくなかった。

私は引っ越してきたときから冷蔵庫で冷やしていたアイスワインを取り出し、買い置きしていたチーズを皿に並べた。

碧斗も立ち上がり、ワイングラスをダイニングテーブルに準備してくれた。

アイスワインは普通のワインと違って、本来食後酒として飲むものだ。だから、グラスには少量ずつ注いだ。熟成されたワインはブランデーのような琥珀色をしていた。

「本当に甘そうだな」

ブドウの甘く、芳醇な香りが漂い、碧斗が顔をしかめる。私が碧斗の正面に座り直したところで、「乾杯」とグラスを合わせた。

一口含むと、ワインの甘さとアルコールが喉に染みわたっていき、ほんのわずかな量なのにまた酔いが戻ってきそうだった。甘口が好きな私にはこのうえない贅沢だが、案の定、碧斗は渋い顔をしていた。思えば、碧斗とこうしてお酒を飲むこと自体、久しぶりな気がする。

「甘いね、すごく美味しい……。でも、約束していたおつまみを作れなくて、ごめんね」

「最初から期待してねぇよ」

碧斗が軽口を叩き、チーズを口に放り込むと、再び沈黙が訪れた。

窓の外を見ながら、ワイングラスを持っている碧斗の横顔を見ていると、この前ホテルに泊まったときの光景がよみがえる。口を開けばいつもの憎まれ口だけれど、黙っていると弟の面影がすっかりなくなったことを再認識させられる。

知らない間に広くなっていた背中、そして厚い胸板……。〝男〟を感じさせたあの日の碧斗を思い出し、胸の鼓動がいつもより速くなる。

あんなにムキになって、智からこのアイスワインを奪い返したのは、碧斗と飲むことを約束したからという義務感からではなかった。こうやって二人で飲むことを楽しみにしていた自分がいたのだ。

「一緒に飲めてよかった……」

私が呟くと、黙ってグラスを傾けていた碧斗が微かにうなずいた気がした。私は酔いが戻ったのか胸の奥が熱くなった。

千穂美ちゃんと飲んだ夜以来、私は一人思い悩んでいた。小野田さんの自分に対する気持ちが本気であることがわかり、一方で千穂美ちゃんの気持ちも知ってしまった。そして今になって、私は自分の気持ちがどこにあるのか気づき始めていた。

私が碧斗を意識していることは、否定しようがなかった。でも、この気持ちが確かなら、私は小野田さんと千穂美ちゃんの二人の気持ちを裏切ってしまうことになる。

そう突き詰めて考えていくと、いつも同じ結論にたどり着いてしまう。このまま私の気持ちを閉じ込めてしまえば、みんなが平和でいられるということだ。何より、幼い頃から築いてきた碧斗との関係は壊したくなかった。

その結果、私は自分の気持ちをごまかしながら、今までどおりの日常を取り戻そうとしていた。

「芹香」

「なんでしょうか？　あっ、ごめん。何？」

この頃、家にいても、時折仕事のときの言葉遣いになってしまうことがある。碧斗と自分が社長と秘書という関係であることを意識すれば、余計な感情に悩まされずに済むという私なりの防御策だった。

こうして必死に気持ちをコントロールする私をよそに、私の周りでは、再び私の心をかき乱す出来事が起こった。週が明けて新しい一週間が始まった月曜日のことだった。

出社すると、いつものとおりロビーで千穂美ちゃんと挨拶を交わした。

「おはよう」

私が声をかけると、彼女は勢いよく振り返り、彼女らしくない声をロビーに響かせながら、私に突進するように駆け寄ってきた。

「芹香さん！　見ましたよ!!」

「な、何？　どうしたの？」

「もうびっくりしましたよ！」

彼女の話がまったく見えない。

「ごめん、千穂美ちゃん。なんの話？」

「何って、シャインですよ、シャイン！」

「シャイン？」

「はい！　昨日が発売日で、私、毎月買ってるんですよ」

「……あ、雑誌の？」

「そうですよ！」

「あっ。もしかして、今月、副社長が載ってるんじゃない？」

「載ってましたよ！　見開き二ページ、写真付きで」

「わ、ホントに⁉　すごいね」

「ホントにって……芹香さん、雑誌見てないんですか？」

「うん。私は毎月買ってるわけじゃないし。でも、今月は副社長から取材を受けたって聞いてたから、買うつもりだったんだけどね」

「取材の内容って、ご存知ですか？」

「詳しく知らないけど、いつもの感じじゃないの？　だって、あれ、全国のシェフを紹介する連載ページでしょ。副社長の写真が大きく載ってて〝イケメンシェフのなんとか、なんとか〟みたいな。あっ、苺のブリュレの写真が載るとは聞いているけど」

私がそう言うと、彼女はヒールの音を鳴らして急いでカウンターに戻った。

「芹香さん、来てくださいよ！」

彼女のはしゃぎぶりにまたも驚かされながらカウンターまで行くと、彼女が雑誌を出した。

「あ、持ってきたんだ」

私が雑誌の表紙の見出しに、小野田さんの記事タイトルを探そうとすると、彼女は私の横から雑誌をめくった。

「ここです！」

彼女はページを広げたまま、私へ差し出した。

「ありがとう」

予想どおり、一番に目に飛び込んできたのは彼の写真だった。アップのものと調理をしている姿と談笑している風景。中でも一番目を引いたのはデザートの写真だった。

「苺のブリュレ、これすごく美味しいんだよ」

私がその写真を指差して彼女を見るが、彼女の反応は薄い。

「芹香さん、そのブリュレのとこの見出しを見てください」

「見出し？」

半分首を傾げて聞き返し、彼女がうなずくのを待って視線を落とす。


〝特別な人を想って作り上げていく至福の時間〟

私はゆっくりと彼女を見た。彼女は「その先」と、目で促した。


「僕には今、とても大切な人がいる。このデザートは彼女をイメージして作ったもの。彼女が赤いルージュをつけた唇で、このデザートを口にした瞬間の感覚が今でも忘れられない。

この苺のブリュレに限らず、デザートを考えるときは必ず彼女のことを考えている。そうすると、魅惑のデザートが出来上がる。それが結果的にお客さまが、〝食べたい〟と思うデザート、〝もう一口食べたい〟と思うデザート、〝また食べたい〟と思うデザートになるだけのこと。

本当は、彼女の口に入るその瞬間を夢見て作っているだけ。僕のデザートはお客さまのことを考えてるようで、じつはすごく自分本位なんだ」

私は最初の数行で言葉を失った。時間を忘れ、その後も読み進めた。

「今は彼女と近い将来、朝食で僕のフレンチトーストを一緒に食べるのが夢」だと、彼は女性記者が見とれてしまうほどの笑顔で締めくくった。

読み終わったところで私はカウンターに寄りかかった。

「これって……芹香さんのことですよね？」

私は返事ができなかった。

「この記事、プロポーズみたいですね」

「そう？　そんなことないでしょ。違うと思うよ。それにこれ、本当に私のことかどうか……」

「芹香さん以外にいないと思いますけど」

彼女はそう断言して、私に逃げ道を与えない。

「芹香さんも真剣に考えたほうがいいと思いますよ。副社長、芹香さんのこと、すごく大切に思ってくれてるじゃないですか」

私は彼女の言葉を聞きながら雑誌に掲載されている彼の写真を見つめた。いつも見せる穏やかで甘い笑顔がそこにあった。こんな人に自分が想われているなんて、本当なら飛び跳ねて喜ぶべきことだと思う。

いろいろな想いが交錯して、私はそのまま固く目を閉じる。

「芹香さん？」

「ごめん、見せてくれてありがとう。時間だから行くね」

私は目を開くと同時に、雑誌を閉じて彼女に返した。

七階のフロアに上がると、企画部でも誰かが購入したシャインを囲んで話に花を咲かせていた。そして、私が部屋に入るなり、その一人が大きな声で私を呼んだ。

「小柳さん！　見た？」

「おはようございます。はい、見ました」

仕事上の接点は多くないとはいえ、ほかの女子社員に比べれば、副社長と話をする機会の多い私に、矢継ぎ早に質問が飛ぶ。

「副社長っていつ見てもカッコいいけど、いくつ？」

「ここに書いてある相手、もしかして名古屋店のスタッフ？」

「まさか結婚の予定とか決まってるの？」

彼女たちは興奮気味に、小野田さんの人柄や彼が話す〝大切な人〟について探りを入れる。

「さあ……どうでしょうか」

私は彼女たちの前で首を捻ると、話を切り上げて社長室へ向かった。

部屋に入ったところでため息をつく。しばらく社内はこの話題で持ちきりだろう。おそらく、今日にでも小野田さんから私に連絡がくるかもしれない。そのとき、自分はどんな反応をすればいいのだろう。


午後になって小野田さんの連絡より早く、別の電話があった。常盤社長からだった。碧斗の見合いの日程が決まり、私に連絡を寄越したのだった。

先方の希望は今週の土曜日。ずいぶん急な話だと思ったが、パソコンで碧斗のスケジュールを確認すると、都合よく空いていた。それを聞いた常盤社長は「じゃあ、後は本人同士で進めてもらおうか」と、相手の女性の連絡先を伝えると電話を切った。

私は走り書きのメモをしばらく見つめて席を立った。そして、常盤社長から連絡があったことを碧斗に報告した。

「ずいぶん急ですけど、大丈夫ですか?」

「スケジュール、空いてたんだろ? なら問題ねぇよ」

「わかりました。時間や場所は社長にお任せするとおっしゃってましたが、どちらか予約を取っておきましょうか?」

「いや、後は自分でやる」

「……そうですか。では、お相手の連絡先です」

私が碧斗のデスクの上に携帯番号と名前を記したメモを置くと、碧斗がすぐさまそれを確認した。

「社長……」

居ても立ってもいられず、声をかけそうになったが、慌てて唇を結んだ。この件については碧斗のプライベートなことだ。私が口を挟める立場ではなかった。

「では、失礼します」

私は丁寧に頭を下げて社長室を後にした。

いよいよ現実味を帯びてきた碧斗の見合いに、私は落ち着かなかった。そんな私に追い打ちをかけるように、小野田さんから連絡が入った。

こちらはある程度予想していたことだったので、連絡があったこと自体は驚かなかった。ただ、話の内容は予想外のものだった。名古屋店に実際の挙式を見に来ないかという誘いだった。おまけに日程は今週の土曜だった。

「新作のデザートも出そうと思ってる。実際のお客さんの反応を小柳さんにはぜひ知っておいてもらいたいんだ」

「……ありがとうございます。今週の土曜日でしたら、社長はいらっしゃいませんけど、よろしいですか?」

「構わないよ。僕はプライベートで君を誘ってるつもりだから。碧斗だって、休日の行動までは口出しできないだろ?」

「そうですね……」

「じゃあ、決まり。時間はまた連絡するから楽しみにしてて」

「わかりました。ありがとうございます」

「それはそうと……雑誌、見てくれた?」

話が一段落すると、小野田さんは探りを入れるように聞いてきた。

「あ、はい。拝見させていただきました」

「結構アップのカットもあったんだけど、変じゃなかった?」

私の重い雰囲気とは対照的に、小野田さんは少しおどけるように言った。

「大丈夫でしたよ。いつもどおり素敵でしたよ」

私はどのように言おうか少し迷った。以前までの私なら「素敵でしたよ」と息を弾ませて言っただろう。けれど、今の私たちの間では、それがどんなふうに受け止められるか気にかけなければならなかった。

だけど、私はあえてその言葉を選んだ。きっとあの記事を見たらどんな女性でも口にしそうな無難な言葉だと思ったからだ。

「そういう反応はちょっと寂しいな。僕は覚悟を決めて想いを口にしたんだから」

「ごめんなさい。驚いてしまって、なんて言ったらいいのかわからなくて。本当に自分のことなのかも半信半疑で……」

「じゃあ、今度会ったときには実感させてあげるよ」

小野田さんはそう言ったかと思うと、電話の向こうで誰かに声をかけられたようだった。

「ごめん、忙しくなってきた。また連絡する」

彼は電話を切った。

「挙式か……」

レストランで挙げられる実際の結婚式は、碧斗と何度か見学に行ったことがある。けれど、碧斗が忙しくなるにつれてその回数も減り、ここのところしばらくは見学する機会がなかった。

おまけに私の親友たちは、数年前の結婚ラッシュで、もうほとんどが既婚者だった。その中で少数だが残っているのは、私のように恋愛下手なメンバーだった。それも去年一人減り、それ以来実際の結婚式には出席もしていなければ、見てもいなかった。

挙式や結婚式は見ているだけで幸せになる。それが初めて会う人だったとしても、彼らが幸せそうならきっと素直に祝福できるだろう。

自分の気持ちにゆっくりと向き合いたいと思うのに周りはそれを許さない。忙しなく時間は流れ、急《せ》いたようにことは運ぶ。私は自分の気持ちを置き去りにしたまま進まざるを得なかった。

一方で、いったん足を止めたら、二度と動きだせなくなる気もしていた。濁流の中を、もがき、苦しんで進んでいくうちに、自分が本当にどうしたいかが見えてくる気もしていた。

そして、私たちはそれぞれの想いを胸に週末を迎えた……。

第四章　二人の距離

土曜の朝も、普段の朝となんの変わりもなかった。変わったことと言えば、二人とも朝の起床が一時間遅かっただけ。遅い朝食の後も、碧斗に出かける気配はなかった。

「碧斗、時間、大丈夫なの？」

「行くのは午後から」

「そっか……」

一日がかりだと思っていた私は、拍子抜けしながら短い返事をした。

「お前は？」

「私は……私も午後から出かけてくる」

「へえ……」

碧斗はそれ以上詮索しなかった。小野田さんと会うことを言わなかったのは、何となく口にすることが憚《はばか》られたのだ。

私が見学させてもらう挙式の開始は午後からだった。レストランで準備するのは、早めのディナーといったところだろうか。おかげで私も休日の朝に慌てることにならずに済んだ。

挙式は一日一件のみの予約なので、小野田さんも今日は少し余裕のある朝を迎えているかもしれない。

「碧斗、シャツにアイロンかけなくていい？」

「俺の心配より自分の心配しろよ。髪の毛酷いぞ」

「これは今からやるからいいの」

「言っとくけど、碧斗も寝ぐせついてるからね」

「俺は寝ぐせもイケてるからいいんだよ」

「何言ってるの？　身だしなみができてなかったら、百パーセント嫌われるからね。嫌われないように気をつけなさいよ」

二人の間に漂う異様な空気が、いつも以上に私たちを高揚させる。最近はこんなふうに言い合うことも、しばらくなかった。

いつもの休日のように掃除や洗濯を済ませると、私たちは午後からいつもと違った土曜日を迎えるために、それぞれの目的の場所へと向かう。

先にマンションを出たのは碧斗だった。

「いってらっしゃい」

私は玄関まで見送らなかった。碧斗がリビングを出ていく際に、ソファに座ったまま声をかけた。改まった見送りはどうしても気が進まなかった。

「お前もな」

碧斗は私を振り返ってそう言うと、リビングを出ていった。玄関の扉が閉まる音は静かすぎて、私の耳には届かなかった。

私はソファに身を沈め、大きな息を吐き出した。「行っちゃった……」と言葉に出してみると、余計に寂しさが込み上げた。

顔も知らない、名前と電話番号だけの彼女が、今日は碧斗と二人きりの時間を過ごす。常盤社長も碧斗も、見合いのような大袈裟なものではないと言っていたが、彼女にとってはそうではないだろう。碧斗のことをとても気に入っていたようだし、月日が経っているのに、今も碧斗のことを忘れられずにいることからも、本気であることは疑いようがなかった。

碧斗は軽い気持ちで会うのかもしれないが、彼女を傷つけてしまわないか心配だった。そして、同時に不安にもなる。彼女の一途な想いが碧斗の心を揺り動かさないとも限らないのだ。

そんなことを、あれこれ考えているうちに、今度は自分が出かける時間になった。

私はソファから起き上がると、大急ぎで自分の支度を始めた。碧斗にひどいと言われた髪も無事にセットが終わり、私は家を出た。

エレベーターに乗ると、先に乗っていた中年女性と「こんにちは」と挨拶を交わしたところで、彼女が私の頭のてっぺんからつま先まで目を走らせた。

「あら、綺麗。結婚式か何か？」

「あ、はい。ありがとうございます。友人の……」

彼女は「いいわねえ、若いって」と、口に手を添えて笑った。

私は彼女に微笑むと、それが苦笑いだと気づかれないように正面を向いた。スカートの裾がひらりと波打って、足にまとわりついた。

今日は挙式を特別に見せてもらう立場なので、浮かないように服装にも気を遣った。エレベーターの女性が勘違いしたように、挙式に参列する人と同じように少しだけドレスアップした。

かといって、二十代のときのようなミニのワンピースを着られるわけはなく、ベーシックな黒のロングワンピースにした。髪も派手にアップにしていないが、昼間からこのいでたちは目立つのだろう。同じようにドレスアップした友人と待ち合わせて行動を共にしているのなら、印象も薄れるだろうが。

名古屋店に到着すると、従業員用の通用口から店内に入った。通路を抜けて厨房の裏手から中をのぞく。人の声と鍋や食器の音に交じって、水や油の音で賑わう厨房にひときわ大きな声が響いていた。小野田さんだった。彼は手を休めることなく周りを見渡し、ひっきりなしに指示を出していた。

真剣な眼差しと、普段聞かない大きな声に気を取られていると、ふと小野田さんと目が合った。

「小柳さん」

小野田さんは片手で鍋を揺らしながら私を呼んだ。

「お疲れさまです」

私が遠くから会釈をすると、小野田さんは近くにいたスタッフに鍋を渡し、何やら指示をして駆け寄ってきた。

「びっくりした……。見違えたよ」

「それは褒め言葉じゃないですよ。ドレスアップして来いって言ったのは、副社長のほうじゃないですか」

「ああ、ごめん。でも、すごく綺麗だよ」

小野田さんは先ほどまで光らせていた目を細めて笑った。

「ここはもう戦場みたいなもんだけど、チャペルは別だから。スタッフルームに君を通すように話してあるから行ってくるといいよ」

「ありがとうございます。行ってきます」

私は小野田さんの邪魔にならないように、早々とその場を退散して、隣のチャペルに向かった。

中に入ると、すでに参列者が腰を下ろしており、声をひそめて囁くように話しながら、式の開始を心待ちにしていた。

私は彼が言ったとおり、スタッフルームに入れてもらった。まもなく式は厳かに始まった。

暗いチャペルの中に神秘的に浮かぶ照明が時間の流れまでも止めて、昼夜の境目をなくしている。そこに現れた花嫁は白く光を放つ花のように見えた。バージンロードを父親と歩く後ろ姿を見つめていると、その花の花びらが一枚一枚散っていくかのようで、切なさが込み上げる。

初めて会った人の式にもかかわらず、私の目にはうっすらと涙が滲んでいた。

指輪の交換や誓いのキスによって再び華やかに咲く白い花を見て、参列者たちは最大限の祝福を二人に贈っていた――。

「いい式でした……」

私が小野田さんと言葉を交わしたのは、式が終わり、レストランでのブライダルパーティーも終わった後のことだった。

私は特別に別室で食事をコースでいただき、本物の結婚式に来たのと同じ体験をしていた。

小野田さんは帽子を取り、白いコックコートのまま、人気のなくなったレストランのフロアで座っていた。一仕事終えた彼の表情は、疲れが見えるものの充実感に満ちていた。

「へぇ……そんなによかったんだ?」

「はい。まったく知らない方の式なのに泣いちゃいましたから」

「君らしいね」

小野田さんはどこかホッとしたような表情を浮かべ、笑顔を見せた。

「ねぇ……」小野田さんが顔を上げる。「今からチャペルに行ってみない?」

「チャペルですか?」

「僕は普段裏方だから、式を見たことがないんだよ。チャペルの点検には行くけどね。だから今、君の話を聞いて、ちょっと行ってみたくなった」

「でも、もう誰もいませんよ?」

「いいよ。ちょっと雰囲気を味わいたいだけだから」

小野田さんはそう言うなり席を立ち、ドアのほうへ歩き始めた。

チャペルは照明がついたままひっそりと私たちを待つように佇んでいた。もちろん中に人はいない。夜になったせいで、静けさを増したチャペル内は一層神秘的に感じられた。

「素敵ですね……」

「ホントだね。こんなふうに改めて見るのは久しぶりだ」

私が辺りを見回すと、小野田さんも同じように見回した。

「あっ」ふと天井を見上げたときだった。「碧斗と視察に来たときの電球、ちゃんと変わってますね」

そう言って私が微笑むと、小野田さんは一瞬顔を歪ませた。二人の間に〝碧斗〟の名が出たことへの本音ともいえる反応に違いない。けれど、彼はすぐ笑顔に戻り、私の耳元で囁いた。

「君を見れば見るほど、話せば話すほど……好きになるよ」

一生のうちで一度も聞くことのできないような素敵なセリフに、呼吸することすら忘れそうになる。自分に向けられた言葉であることが信じられなかった。

言葉を失う私を、小野田さんは胸の中に閉じ込めた。

「誰にも渡したくない……」

抱きしめられる腕の強さから、彼の想いの強さが伝わってくる。その腕の力が緩められたかと思うと、小野田さんは私の顔を引き寄せた。キスされると覚悟した瞬間、近づいてきた彼の唇が触れる直前で止まった。

「どうせなら、もっと神様の近くで誓いたい」

バージンロードに向かって、小野田さんは私の手を引いて歩き始めた。

数歩進んだところで、小野田さんは歩みを止めた。振り返ると、「どうしたの？」と不思議そうに私に尋ねた。彼が歩みを止めたのは、私がバージンロードの始まる手前で立ち止まったからだった。

「ここは……花嫁さんが通る道だから……」

私は手を離そうとして、自分の腕を引いた。けれど、小野田さんは手を離さない。

「ここは……黒いドレスじゃ通れないんですよ」

私がおどけて笑って見せても、彼は表情を崩さず、手もそのままだった。

「まだ私は……ここを通れません」

私はそう言うと、うつむいて唇を噛む。小野田さんは少しの間、考える素振りを見せた後、口を開いた。

「〝まだ〟って、もう少し時間が必要ってこと？　僕は早いとは少しも思わないよ。僕の中では、ずっと前からいつか君とって決めてたから」

こんな言葉、言われてみたかった。それを今、私は現実に聞いたのだ。しかも、誰もがうらやむような素敵な人から……。

それなのに涙が溢れ出す。歪む視界のせいで、小野田さんがどんな表情をしているのかわからない。涙を拭《ふ》いて、彼の顔を直視するのが怖かった。

だけど、私は涙をぬぐった。言わなければならない。

「あなたとは……ここを歩けません……」

再び涙で視界が滲んだが、小野田さんの手が私の手から離れていくのがわかった。

「……やっぱり碧斗か……。僕、アイツより絶対いい男だと思うんだけどな……」

目をこすりながら顔を上げると、小野田さんが悲しげな笑みを浮かべて言った。

「アイツより、君のことを想ってる自信はあるよ」

私は小さく深呼吸をし、小野田さんの目を真っすぐに見た。

「碧斗が私をどう思ってるかは関係ないんです。私が、彼を好きなだけなんです」

時間が止まってしまったかのように、しばらく見つめ合う。すると、小野田さんが視線を外した。そして、大きく息を吐き出すと、いつもの穏やかな表情を私に向けた。

「帰りは大丈夫？　ごめん、今日はちょっと、送っていく勇気がないよ」

「……大丈夫です」

音響・照明室に入り、私はチャペルの電気を消す。暗闇の中、壁伝いに扉の前まで戻ってくると、待っていた小野田さんが声を震わせながら言った。

「最後にもう一度だけ……抱きしめさせて」

真っ暗闇のチャペルで彼は私をもう一度抱きしめた。震えていたのは声だけではない。抱きしめる腕も、身体も震えていた。

彼の腕の中で私は、コックコートを濡らさないよう、声を押し殺して泣いた。


帰りは電車ではなく、タクシーを使った。パーティードレスで泣き顔の三十路女は人前にさらすものじゃない。

シートに身体を委ねながら外の景色を見ていると、自分のまったく知らない道を進んでいるようだった。ラジオも流れていない静かな車内には無線の音が時折聞こえるだけで、最後はその音さえも耳に入らなくなった。

マンションに着く頃には、身体が鉛のように重かった。バッグの中から鍵を探ってドアを開けると、玄関にも廊下にも電気がついていた。

「おせーよ」

玄関でぼんやりしていると、碧斗がリビングから出てきた。私の格好に眉をひそめると、「ひでぇ顔だな」と呆れ顔でため息をついた。

「どっかの葬式だったのか?」と嫌味を言いながら、碧斗はリビングに戻っていく。碧斗のその後ろ姿を見つめるだけで、収まりかけた瞼の熱がこみ上げてきた。その熱が涙に変わらないように私は碧斗の背中から目をそらしてリビングへ向かった。

「……碧斗。もう帰ってきてたの？」声色を明るくするのにも苦労する。

「帰ってきちゃワリーかよ？」

私は首を横に振った。そして、素早く息を吸い込んで、勢いよく吐き出した。

「で、今日はどうだったの？　楽しかった？　どんな子だった？」

私は笑顔を作り、ソファに座って足を組んだ。

「ねえ、どうだった？」

キッチンに入ったまま、返事もないので振り返ると、碧斗が思い切り私を睨みつけていた。

「泣くか、笑うか、はっきりしろよ」

「え？　何よ。それじゃあ答えになってないよ」

「は？　じゃあ答えてやるよ。別にこっちは楽しかねぇよ。好きでもない女に会って、わからせてやるんだからな」

「何……言ってるの？」

「俺のことがあきらめられないって言うなら、あきらめさせなきゃなんねぇだろ。俺のことなんて想ってたって、なんのプラスにもならねぇからな。それより、ほかに目を向けて、自分を想ってくれるヤツと一緒にいたほうが何千倍もいいに決まってんだろ。会わないままで変な期待と夢を持たれちゃ、こっちだって気分悪いしな。だったら会って、その女の夢も、期待も、取っ払ってやったほうがそいつのためだろ？」

「碧斗……」

相変わらず口は悪いが、碧斗の言っていることは理解できた。つまりは、放っておけなかったというところだろう。私は微笑んだ。

「泣くか、笑うか、どっちかにしろよ」

「じゃあ、笑う。可笑しいもん」

私は本当に可笑しくなって笑った。だけど、碧斗の顔は真顔のままだった。その目が再び私の視線を絡め取ると、一度食い止めたはずの涙が再び涙腺を壊して溢れ出した。

「あれ、ヤダ、ごめん……。もしかして老化現象かな」

弁解をしようとすればするほど、涙がこぼれてくる。涙をぬぐっていると、碧斗が私のすぐそばにやってきた。そして至近距離から私を睨む。

「なんで泣くんだよ？」

「泣いてなんかない」

「だったらこれ、なんなんだよ？」

碧斗の手が伸びてきて私の頬に触れる。私は思い切り目をつぶって身構えたが、頬に触れる手は温かく、包み込むように優しかった。

碧斗の手のひらの温もりが頬から全身に広がっていく。目を開ければどうなってしまうかわかっていた。ゆっくりと、恐る恐るまぶたを開くと、先ほどよりも大きな粒が瞳からこぼれて、私の頬から碧斗の手に伝った。

「なんで泣いてんだよ？」

「だって……碧斗が、好きだから……」

私は胸の中のものを吐き出すように、ゆっくりと言葉にした。言ってしまった後に、後悔が残る。

「バーカ。そんなことで泣くんじゃねぇよ」

「そんなことでって、何よその言い方。勇気出して言ったのに。私だって泣きたくて泣いてるわけじゃないんだから……。もう！　泣いてるってわかってるなら、慰めるとかできないの？　私なんてね、昔は泣いてばっかりの碧斗をなんとか泣きやまそうして必死だったんだから」

自分でも何を言っているのかわからなかった。碧斗は呆れているのか、黙って私を見つめている。そして口を開いた。

「じゃあ……どうしたら泣きやむ？」

碧斗の言葉には、聞き慣れない優しい響きがあった。

「そばにいて……抱きし……」

声が震えた。私が最後の文字を発する前に、碧斗は私を抱きしめてくれた。

熱い体温が私を温めようと必死になる。私は碧斗の腕に潰されそうだったが、それでも構わなかった。

私たちはずっと長い間、幼馴染だったから……。

「ごめん、だって……」

「気づくの、おせぇんだよ」

「幼馴染は解消だ」

碧斗の言葉に、私は顔を上げる。

見上げた途端にまぶたにたまっていた涙が頬を伝って落ちた。碧斗は指先で私の涙をぬぐうと、割れ物でも扱うように、そっと私の顔を引き寄せた。

「じゃあ、私たちは……？」

「俺たちは、もっと近くにいるだろ……」

碧斗の目が細まるのを見て、私はそれにつられるように目を閉じた。

その瞬間、碧斗の唇が私の唇に触れた。いつも強引で強気な彼が見せた微かな震えは、彼が私と同じ想いでいたことをうかがわせた。

碧斗だって、怖かったのだ。この距離に触れることが……。

私は碧斗の背中に腕を回して彼を引き寄せた。幼い頃に抱きかかえた碧斗の背中は今は広すぎて全部には届かない。それでも力の限り彼を強く引き寄せた。
もう恐れたりしない。この距離に触れたとき、私たちはもっと近くなる。

完

この距離に触れるとき

発行――――●二〇一六年十二月二十五日　初版第一刷

著者――●橘いろか
発行者――●須藤幸太郎
発行所――◉株式会社三交社
〒一一〇―〇〇一六
東京都台東区台東四―二〇―九
大仙柴田ビル二階
TEL　〇三（五八二六）四四二四
FAX　〇三（五八二六）四四二五
URL：www.sanko-sha.com

本文組版――●softmachine
印刷・製本――●シナノ書籍印刷株式会社
装丁――――●ビーニーズデザイン　野村道子

Printed in Japan

ISBN 978-4-87919-278-3

橘いろか

EW-030

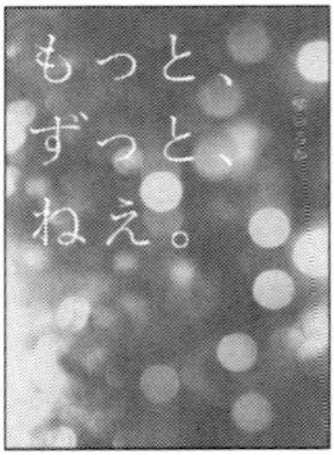

もっと、ずっと、ねえ。

ひかるには十年会っていない兄のように慕っていた七歳年上の幼馴染みがいる。そんな二人がひかるの就職を機に再開したが……。少女の頃の思い出が温かすぎて、それぞれの想いに素直になれない、もどかしい恋物語。

EW-021

MONSTERの甘い牙

突然社長が倒れ、代わりにやってきたのは超俺様 男。社長秘書の望愛は、そんな彼に翻弄されなが らも業務を全うしようと必死に頑張るのだが……。社長室と秘書室で繰り広げられる、切なくも甘い社内恋愛物語。

EW-007

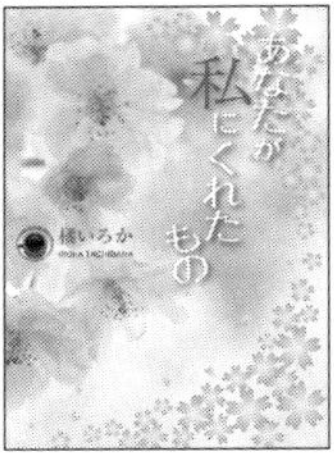

あなたが私にくれたもの

「おまえがほしい」恋から遠ざかっていた【仕事女】を目覚めさせたのは…。三年ぶりに恋をした【仕事女】に迫る悪魔達。

EW-043

となりのふたり

法律事務所で事務員をしている26歳の霧島美織のそばに今いるのは、同じ事務所で働く弁護士の平岡彰と名前も知らないパン屋の店長。友達は『適齢期の私たちが探すべきなのは【結婚相手】だ』と言うが、美織はパン屋の店長がどうしても気になってしまう。そんな時、平岡に付き合おうと言われ――。

EW-037

なみだ金魚

美香子と学は互いに惹かれ合うが、美香子は自身の生まれ育った境遇から学に想いを伝えることができない。一方、学は居心地のよさを感じ、ふらりと美香子のアパートを訪れるようになった。そんな曖昧な関係が続き二年の月日が流れた頃、運命の歯車が静かに動き始める……。

EW-034

嘘もホントも

地元長野で派遣社員として働く香乃子は、ひょんなことから、横浜本社の社長秘書に抜擢される。異例の人事に社内では「社長の愛人」とささやかれ、秘書室内での嫌がらせは日常茶飯事。そんな逆風の中、働きぶりが認められ、正社員への道が開かれるが……。過去と嘘と真実が交わる中、香乃子の心が行きつく果ては?

エブリスタWOMAN

EW-031

マテリアルガール

尾原おはこ

小川真白、28歳。過去の苦い恋愛経験から信じるのはお金だけ。愛の言葉をささやかれても、いい思いをさせてくれない男とは付き合わない。そんな彼女の前に、最高ランクの男が二人現れる。一方で、過去の男たちとの再会に心が揺さぶられ、自分を見失いそうになるが……。

EW-032

B型男子ってどうですか?

北川双葉

凛子は隣に引っ越してきた年下の美形男子が気になり始めるが、苦手なB型だとわかる。そんな折、年上の紳士(O型)と出会い、付き合ってほしいと告白される――。B型アレルギーだと信じ込むばかりに、本当の気持ちになかなか気づくことができない凛子。血液型の相性はいかに!?

EW-033

札幌ラブストーリー

きたみ まゆ

タウン情報誌の編集者をしている由依は、就職して以来、仕事一筋で恋はご無沙汰。そんな仕事バカの彼女がひょんなことから、無愛想な同僚に恋心を抱いてしまう。でも、その男には別の女の影が……。28歳、不器用な女。7年ぶりの恋の行方はいかに!?

EW-035

優しい嘘

白石さよ

瀧沢里英は、上司の勧めで社内一のエリート・黒木裕一と見合いをした。それは元恋人、桐谷寧史にフラれたことへの当て付けだったが、その場で黒木はいきなり結婚宣言をする。婚礼準備が進むなか、里英の気持ちは次第に黒木に傾いていく。しかし一方で、彼女はこの結婚の背後に隠された〝秘密〟に気づき始める。

EW-036

ウェディングベルが鳴る前に

水守恵蓮

一ノ瀬茜は同じ銀行に勤める保科鳴海と結婚した。しかしハネムーンでの初夜、鳴海の元恋人が突然二人の部屋に飛び込んできて大騒動になる。鳴海は彼女を送っていくと言ったまま、その夜帰ってこなかった。激高した茜は翌日ひとりで帰国の途に就き鳴海に離婚届を突きつけるが……。

エブリスタWOMAN

EW-038

TWINSOULS《ツインソウル》

中島梨里緒

遥香は別れた同僚の男と身体だけの関係を続けている。ある日、帰宅途中の遥香の車が脱輪しているところを、偶然通りかかったトラックドライバーが助けてくれた。お礼も受け取らずに立ち去ったドライバーのことが気になっていた矢先、遥香の働く会社に彼が現れる。この再会は運命か、それとも……。

EW-039

Lovey-Dovey 症候群《シンドローム》

ゴトウユカコ

高梨涼は不倫相手に「妻と別れることができなくなった」と告げられる。自暴自棄に陥った涼は泥酔の果て、立ち寄ったライブハウスで少年のようなヴォーカルの歌声に魅了された。翌朝、隣には昨夜の少年が裸で眠っていた――。恋に仕事に揺れ動く26歳と心に傷を負った18歳の年の差の恋が、今、始まる。

EW-040

バタフライプリンセス

深水千世

大学生の田村遼は男らしい性格のせいで彼氏に振られて酔いつぶれてしまう。そんな遼を助けてくれたのは、Ｂａｒ『ロータス』のバーテンダー・信幸だった。変わりたいと思い、ロータスでアルバイトを始めた遼だが……。素直になれない【さなぎ】は蝶のように羽ばたくことができるのか!?

EW-041

雪華 ～君に降り積む雪になる

白石さよ

控えめな性格の結子は大学で社交的な香穂と出会い仲良くなったが、二人とも同級生の篤史を好きになってしまう。結子は気持ちを明かすことができず、香穂と篤史が付き合うことになり、結子の恋はそこで終わった。だが、香穂の死が結子と篤史を繋げてしまう。二人のたどり着く先は――?

EW-042

再愛 ～再会した彼～

里美けい

白河葉瑠は高校の時、笑顔が素敵で誰からも好かれる楢崎怜斗に恋をした。奇跡的に告白が実ったが、大学に進学したある日、彼から一方的に別れを告げられた。それから八年、心の傷を癒せないままの葉瑠が異動した先で再会した怜斗は、無愛想で女嫌いな冷徹エースへと変貌していた――。

エブリスタWOMAN

EW-044

見つめてるキミの瞳がせつなくて

芹澤ノエル

札幌でネイルサロンを営む椿莉菜は、29歳の誕生日に四年間付き合っていた彼から別れを告げられる。そんな莉菜の前にファーストキスの相手である年下のイトコ・類が現れ、キスと共に告白をして去っていく。徐々に類に惹かれていく莉菜だったが、ある日類の元カノがやってきて――。

EW-045

もう一度、優しいキスをして

高岡みる

素材メーカーに勤める岡田祥子は、4歳年下の社内の恋人に30歳を目前にしてフラれてしまう。それから2年、失恋から立ち直れずに日々を過ごしていた祥子の部署に6歳年下の新井が異動してくる。そして元カレの送別会の帰り、祥子は新井に促され共にラブホテルに入ってしまう――。

EW-046

Once again

蒼井蘭子

藤尾礼子は、大阪の大学で二歳年上の関口遼と恋に落ちる。しかし、彼が大学卒業後、理不尽な別れ方をすることに。27歳になり、東京で働く礼子は同じ会社の柴田久志と婚約をするが、ある日遼が礼子の前に現れる。礼子に変わらぬ愛をぶつける強引な遼。礼子は次第に翻弄されていく……。

EW-047

共葉月メヌエット

青山萌

福岡の老舗百貨店の娘・寿葉月は大学入学を目前に、8歳年上で大会社の御曹司・蓮池共哉と〝政略結婚〟をさせられる。冷徹な共哉に落胆する葉月だったが、一緒に生活をしていく中で共哉のさりげない優しさを知り、自分の気持ちの変化に気づく。一方、共哉の態度も次第に柔和になっていくが……。

EW-048

さよならの代わりに

白石さよ

大手電機メーカーで働く29歳の江藤奈都は、同じ職場の上司・東条に失恋をし、バーで知り合った皆川佑人と朝まで過ごしてしまう。彼の素性を知ることなく別れたが、数日後、人事コンサルタントとして奈都の会社に出向してきた皆川と再会。彼の提案で、期間限定で恋人同士になる契約をする――。